教育部人文社会科学重点研究基地
安徽师范大学中国诗学研究中心资助项目

纵横诗话

张应中　著

商务印书馆国际有限公司
中国·北京

图书在版编目（CIP）数据

纵横诗话 / 张应中著 . -- 北京 : 商务印书馆国际有限公司，2025.5. -- ISBN 978-7-5176-1167-7

Ⅰ . I207.2

中国国家版本馆 CIP 数据核字第 2025NW3046 号

ZONGHENG SHIHUA
纵横诗话

著　　者　张应中
出版发行　商务印书馆国际有限公司
地　　址　北京市朝阳区吉庆里 14 号楼
　　　　　佳汇国际中心 A 座 12 层
邮　　编　100020
电　　话　010-65592876（编校部）
　　　　　010-65598498（市场营销部）
网　　址　www.cpi1993.com
经　　销　全国新华书店
印　　刷　北京建宏印刷有限公司
开　　本　880mm × 1230mm　1/32
字　　数　121 千字
印　　张　5.5
版　　次　2025 年 5 月第 1 版第 1 次印刷
书　　号　ISBN 978-7-5176-1167-7
定　　价　39.00 元

目　录

卷一　理论与本事

一

诗写什么？马一浮以“诗人四志”加以统摄：“一曰慕俦侣，二曰忧天下，三曰观无常，四曰乐自然。”（《马一浮集》）诗的功用何在？孔子以四字括之：兴、观、群、怨。诗的最高标准是什么？当是真、善、美的统一。

二

诗人当心通天地。马一浮云：“诗教之义甚大，非心通天地不足以语此。但学者若能常常体会此理，则胸中滓秽日去，清虚日来，久而久之，不知不觉间，气质自然变化了。故诗可以陶冶性情。”（《马一浮集》）又有诗云“心通天地属诗人”（《再和上巳日韵》）。

三

白居易《与元九书》云：“诗者：根情，苗言，华声，实义。”以植物喻诗甚妙，因为诗是一个有机体，是有生命的。苏仲湘《栽花插柳堂诗话》云：“诗以何为贵？古今多说：严沧浪主妙悟，王渔洋标神韵，袁简斋倡性灵，王静安立境界，诸说皆能撷取诗歌多棱体之一侧面，由表及里，抉深入微，挽颓救弊，功垂一世。然而未必即为最胜义也。夫所云妙悟，是所获而非所能获；云神韵，是所蕴而非所能蕴；云性灵，是所秉而非所能秉；云境界，是所至而非所能至；悉具边见，未揭根本。若问，根本者何？窃以为，生机是也。生机厥为诗之灵魂，有之则活，无之则僵。”诗贵生机，此论深得吾心。

四

诗的生机，在形象的突出、感情的饱满、意味的深长。

五

诗的体貌、风格各异，然生机不可或缺。譬如生物，乔木有生机，小草亦有生机；雄鹰有生机，乳燕亦有生机；鲸鱼有生机，蝌蚪亦有生机。木偶、扎花虽形肖其物，但无生机，摆设而已。如何才有生机？有思想、有情怀、有个性者是。

六

杜甫《绝句》“迟日江山丽，春风花草香。泥融飞燕子，沙暖睡鸳鸯”，写春景生机勃勃。柳宗元《江雪》“千山鸟飞绝，万径人踪灭。孤舟蓑笠翁，独钓寒江雪”，写冬景生机勃勃。李白

《怨情》“美人卷珠帘，深坐颦蛾眉。但见泪痕湿，不知心恨谁”，写活人生机勃勃。李白《哭宣城善酿纪叟》“纪叟黄泉里，还应酿老春。夜台无晓日，沽酒与何人”，写逝者生机勃勃。崔铉《咏架上鹰》“天边心胆架头身，欲拟飞腾未有因。万里碧霄终一去，不知谁是解绦人”，写架上鹰生机勃勃。杜甫《画鹰》“素练风霜起，苍鹰画作殊。㧐（sǒng）身思狡兔，侧目似愁胡。绦镟光堪摘，轩楹势可呼。何当击凡鸟，毛血洒平芜”，写画中鹰生机勃勃。

七

有生命力的诗才是好诗。生命力在哪里？它不像话剧的表演，也不像绘画的描摹，而在于创造。创造出来的诗可以是现实的，也可以是非现实的。写实是诗人的基本功，变形能力更难得。

八

宗白华说：“美是丰富的生命在和谐的形式中。”（《希腊哲学家的艺术理论》）“美”字可以换成“诗”字。“丰富的生命”是诗的内容，“和谐的形式”是诗的格律。

九

袁枚说：“一切诗文，总须字立在纸上，不可字卧纸上。人活则立，人死则卧。用笔亦然。”（《随园诗话补遗》卷五）“字立纸上”是何意？即字如生龙活虎，不是枯骨朽木。

一〇

五四运动前夕，胡适等人提倡白话文，反对文言文，以诗词作为突破口，认为旧体诗词是僵死的文学，已无生机。其实，诗词自有其不可替代之生机。刘梦芙先生《近百年名家旧体诗词及其流变研究》《近百年中国学人诗词及其诗论词论研究》两部著作可证旧体诗词生机仍在。但因诗词遭受近百年的打击，诗道衰微，生机不振。21世纪以来，诗词文化受到全社会的高度重视，诗词振兴大有希望。《大学》云："苟日新，日日新，又日新。"诗词复兴必须关注当下，输入新的血液，强健其体魄，才可生机勃勃，光辉灿烂。

一一

王夫之说："身之所历，目之所见，是铁门限。"（《姜斋诗话》）歌德说："真正的诗人生来就对世界有认识，无须有很多经验和感性接触就可以进行描绘。"（《歌德谈话录》）这两种说法是否矛盾呢？可用王国维的话来解答："客观之诗人，不可不多阅世。阅世愈深，则材料愈丰富，愈变化。""主观之诗人，不必多阅世。阅世愈浅，则性情愈真。"（《人间词话》）王夫之所说偏重"客观"的一面；歌德所说偏重"主观"的一面，其称之为"预感"。

一二

袁枚论诗倡导性灵说，首重性情，正符合诗歌创作的本质特征。《马嵬》四首其二云："莫唱当年《长恨歌》，人间亦自有银河。石壕村里夫妻别，泪比长生殿上多。”《再题马嵬驿》四首其二云：“到底君王负旧盟，江山情重美人轻。玉环领略夫妻味，从此人间不再生。”真情、个性、诗才无一不备，那些批评袁枚的道学家何曾梦见？

一三

周啸天说：“对于当代诗词，我主张三条：一曰书写当下，二曰衔接传统，三曰诗风独到。有了书写当下、衔接传统这两条，允称小好；加上诗风独到这一条，堪称大好。”从内容、形式、风格三个方面提出要求，高屋建瓴，指出向上一路。

一四

当今诗坛热闹非凡，网络诗歌铺天盖地，通过各种渠道出版的诗集连篇累牍，但绝大部分作品了无生机，如纸扎鲜花，徒炫眼目；如录播鞭炮，徒增吵闹。

一五

叶燮《原诗》标举“才胆识力”，诗人的修养不出此四端。“识”当居第一位，如果是非不分，妍媸莫辨，看问题不能抓住要害，则“才胆力”俱用错方向，离诗愈远。

一六

曾国藩日记载，唐鉴启发他，对他说：“为学只有三门：曰义理，曰考核，曰文章。……又言诗文词曲皆可不必用功，诚能用力于义理之学，彼小技亦非所难……听之，昭然若发蒙也。”刘熙载《持志塾言》云：“志于道，则艺亦道也；志于艺，则道亦艺也。故君子必先辨志。”所谓“文以载道”“艺通于道”，有思想，有襟抱，诗文创作才有根底。20 世纪诗词的最高成就体现在一部分学者诗词那里，也能说明这个问题。

一七

王安石改革科举考试内容，主张废除诗赋取士，而代之以时务策论，目的是培养经世致用的人才，其实也是培养士子的思想和政见。王安石本人则合政治家、思想家、诗人于一身，其咏史诗如《商鞅》《贾生》《赐也》《乌江亭》等均有灼见。

一八

吾论诗有六字标准曰：“合律、通顺、有味”。二字标准曰：“自得”。一字标准曰：“美”。

一九

清代厉志《白华山人诗说》云：“到一名胜之所，似乎不可无诗因而作诗，此便非真性情，断不能得好诗。必要胸中本有诗，偶然感触，遂一涌而出，如此方有好诗。”杜甫是“胸中本有诗”，他的忠爱之思、悲悯之情、身世之感，触到任何事物都可能发而为诗。

二〇

何谓诗心？民胞物与之心是也，感物之心是也，通灵之心是也。

二一

顾随《驼庵诗话》云：“常人甚至写诗时都没有诗，其次则写诗时始有诗，此亦不佳；必须本身是诗。”“盖诗人本身是诗，故何语皆成诗。”袁枚《随园诗话》录许浑诗云：“吟诗好似成仙骨，骨里无诗莫浪吟。”这都是说写诗之人当有诗心，或云诗人的气质，此多半由先天禀赋而来，然后天的修养也很重要。

二二

周退密《干脆》诗云：“蒸梨不熟犹能吃，煮饭夹生未可尝。诗律诗心两抛却，何如干脆写文章。”可见诗心有别于文心。

二三

写诗不止要用头脑思考，更要用身体来思考。诗人要善于调动所有的感官感受世界，他是全息的、通灵的，他的思维方法最好是泛神论。

二四

唐诗重风采情韵，宋诗重筋骨思理，清诗融唐铸宋，如张之洞主张“宋意入唐格”。愚以为，唐诗、宋诗、清诗可以说是中国诗歌史上的三座高峰。

二五

诗人洛夫云："诗和禅都是一种神秘经验，但却可以从我们的日常生活中体验到。我对禅的理解是：从生活中体验到空无，又从空无中体验到活泼的生机。诗与禅都在虚虚实实之间。"此话可以拿来阐释王维的《辛夷坞》。"木末芙蓉花，山中发红萼"是"活泼的生机"，"涧户寂无人，纷纷开且落"是"空无"，一切都在"虚虚实实之间"。

二六

旧体诗涉及语音、语法、修辞等语言学知识，涉及以诗词为主的中国文学史知识，涉及构思立意、形象思维等写作学知识，也涉及美学、逻辑学知识。一首诗大致能反映一个人的语文修养。大学中文系的学生不会写诗是一件憾事。

二七

家教对于一个人的成长非常重要。黄遵宪幼时，曾祖母李氏宠爱他，他刚学会说话，就教他《千家诗》。俞平伯幼时，曾祖父曲园老人（俞樾）亲自过问他的功课。此皆幸事，可遇不可求。

二八

北宋蔡确《夏日登车盖亭十绝》其四："纸屏石枕竹方床，手倦抛书午梦长。睡起莞然成独笑，数声渔笛在沧浪。”明代蒋一葵《尧山堂外纪》曰：“蔡确以弟硕赃败，谪守安州。夏日登车盖亭，作此十绝。时吴处厚知汉阳军，笺注以闻。其略云：五篇涉讥讽……‘睡起莞然成独笑’，方今朝廷清明，不知确笑何事……宣仁盛怒，令确分晰，终不自明，遂贬新州。”笑亦不能，事甚荒唐，真所谓：欲加之罪，何患无辞？

二九

明末清初诗人林古度（字茂之，号那子）尝纫一万历钱于衣带间，示不忘前明也。方拱乾《晤林茂之时年八十五矣》：“群奉丈人行，相看若鼎彝。别时贫到骨，近日老能诗。结客前朝重，遗民后代知。嗟予随杖履，鬓发已如丝。”王士禄《闻友人言林茂之先生尚未能葬》：“多寿林那子，风尘道漫尊。暮年双眼暗，儿日一钱存。死阙黔娄谥，生悲杜甫魂。桐棺还地上，何处故人恩？”合此两诗即是林古度一生小传。

三〇

清初盛符升年长于王士禛，向王学诗。清末陈诗年长于吴保初，向吴学诗。闻道有先后，术业有专攻，学高为师，何论年齿？古人好学如此。

三一

唐朝诗人杨敬之《赠项斯》：“几度见诗诗总好，及观标格过于诗。平生不解藏人善，到处逢人说项斯。”此乃成语“逢人说项”之本事。杨敬之爱才如此，扬人善如此。清末民初诗人樊增祥藏李慈铭日记数册不还，藏易顺鼎精选诗稿不还，藏李审言骈文手稿不还，他人索要，则以找不到等语搪塞，其妒才如此，“藏人善”如此。

三二

毛泽东曾说鲁迅的诗神气，朱自清的诗不神气。比较可知，鲁迅的诗时代感强，又把自己写进去，诗中有“我”，个性突出；朱自清的诗模拟汉魏六朝以至唐宋，时代感淡薄，且诗中无“我”，个性不鲜明。

三三

吴佩孚练兵，编写军歌十余首，传唱最著者为《登蓬莱阁调寄满江红》，也有人取歌中第一句“北望满洲”作为歌名。词云：“北望满洲，渤海中风浪大作。想当年，吉江辽沈，人民安乐。长白山前设藩篱，黑龙江畔列城郭，到而今倭寇任纵横，风云恶！　甲午役，土地削；甲辰役，主权堕。江山如故，夷族错落。何日奉命提锐旅，一战恢复旧山河。却归来，永作蓬山游，念弥陀。”作为词，多处不合《满江红》词律；作为军歌，沉郁顿挫，充满爱国情怀。此军歌让日本人听了很不舒服。某次，有日本新闻记者到洛阳访问，毫不客气地对吴提出质问：“登蓬莱阁能望见长白山吗？”吴说：“我心眼通灵，岂止能望见长白山，还能望见你们的富士山呢！”日本记者无言以对，宾主不欢而散。

三四

吴佩孚喜饮酒，曾有“饮酒赋诗”语。第二次直奉战争失败后，他辗转各地，漂泊无定，常常把酒痛饮，每饮必吟诗，故旧新知多以佳酿相赠。国民政府某要人赠以绍酒数十坛，吴欣然笑纳，亲书七律一首回赠，诗云：“放眼乾坤一叶舟，无端与我任沉浮。登场傀儡皆陈迹，入梦邯郸总幻游。消尽一年唯昼夜，凑成万古是春秋。请君试问东流水，流到何时更不流。”多有勘破悟道之语。（杨潜编撰《民国猛士吴佩孚》）著名诗人杨圻曾入吴佩孚幕府，任秘书长，为吴所倚重，吴偶有好诗，或经杨圻润色亦未可知。

三五

1916年5月，留学日本的郁达夫拜访日本诗人服部辙（字子云，号担风，爱知县人）。当时，担风五十岁，郁达夫二十一岁，结为忘年交。达夫诗为担风所重，有评语云：“风骚勿主年犹少，仙佛才兼古亦稀，达夫有焉。”二人多有唱和。郁达夫1919年作《新秋偶感》：“客里苍茫又值秋，高歌弹铗我无忧。百年事业归经济，一夜西风梦石头。诸葛居常怀管乐，谢安才岂亚伊周。不鸣大鸟知何待，待溯天河万里舟。”担风作《郁达夫寄示近作即次其韵却寄》：“万里悲哉气作秋，怜君家国有深忧。功名唾手抛黄卷，车笠论交抵白头。鲈味何曾慕张翰，鹏图行合答庄周。略同宗懑平生志，又上乘风破浪舟。”和诗似更优。

三六

2017年11月30日，苏州大学马卫中教授来安徽师范大学文学院开讲座，谈钱仲联的清诗研究。马先生说，钱仲联教授学生诗歌时重吟诵，没有固定的调子，每次可能都不一样。又语及唐圭璋讲苏轼《江城子》（十年生死两茫茫），唐先生读一遍，读二遍，读三遍，转到教室一隅小声哭泣，因想起自己亡妻也，遂罢讲。

三七

宛敏灏先生词《辛酉二月五日调寄相见欢祝贺石岑先生静珍女士永结同心》：“烟帘烛影摇红，醉春风，今夕换巢鸾凤两情浓。 双双燕，长亭怨，偶相逢，从此于飞比翼大江东。”石岑，指王石岑，画家、诗人。该词巧妙地檃括了六个词牌名。

三八

毛泽东《七律·到韶山》：“别梦依稀咒逝川，故园三十二年前。红旗卷起农奴戟，黑手高悬霸主鞭。为有牺牲多壮志，敢教日月换新天。喜看稻菽千重浪，遍地英雄下夕烟。”关于诗中的“黑手”所指，有两种解释。一种认为“黑手”指农民，一种认为“黑手”指反动派。但从诗脉上看，私以为第一种解释好。黑手，可以指色黑的手。后蜀何光远《鉴诫录·金统事》：“扶犁黑手翻持笏，食肉朱唇却吃齑。”毛泽东在《湖南农民运动考察报告》中说："他们举起他们那粗黑的手，加在绅士们头上了。"在《在延安文艺座谈会上的讲话》中，毛泽东说："最干净的还是工人农民，尽管他们手是黑的。"两次说到农民的手是黑的。"黑手高悬霸主鞭"，即指农民夺过霸主的鞭子，高高悬起，以革命的暴力反对反革命的暴力。中间两联都是正面写农民运动的轰轰烈烈、翻天覆地。如果"黑手高悬霸主鞭"正面写反动派，则压倒了前一句的"红旗卷起农奴戟"，于诗的主旨不合，在中间四句中也落单。

三九

2002 年 4 月 14 日，当代作家王蒙在安徽师范大学大礼堂做了一场学术报告，题为《说"无端"》，话题由李商隐《锦瑟》一诗"锦瑟无端五十弦"之"无端"说开去。王蒙说到一则趣事：有人在《北京晚报》撰文称白居易的《花非花》一词是一则谜语，这位作者家的保姆猜出它的谜底是霜花。王蒙说："这太煞风景了。我经常玩味这首词：花非花，雾非雾；夜半来，天明去。来如春梦几多时，去似朝云无觅处。多美，多迷人！但这位先生说它是谜语，给他家的保姆一口猜出是霜花。这多么让人扫兴，我多么希望它不是谜语，不要给猜出来！"

四〇

2014 年，"诗教网"举办第二届国诗大赛，仿古代科举考试写试帖诗。会试命题为"纫秋兰以为佩"，限四支韵五言八韵，入选贡士 36 人。其中谢郎诗云："结佩既云已，纫兰何所之。胡为挈忠信，只合惹猜疑。山鬼犹含睇，湘君枉费思。怀沙辞国日，哀郢去闾时。天问凭谁解，离骚莫我知。身空沉浊浪，世岂见清漪。渔父终难慰，龙舟古不移。至今悬艾节，香火满村祠。”其善于化用屈原作品入诗，对仗工稳合法度，是选手中的佼佼者，不足是只有首二句点题，描写不充分。

四一

2016年重阳，芜湖诗词学会会长周正环先生召集芜湖部分诗人至芜湖市盲人学校植树。午餐席间联句，诗云：“秋风木叶黄（周正环），金桂正飘香。盲校争培树（胡炳生），骚人共举觞。青春兼白发（刘彪），佳节又重阳。清水流今古（方竚），明时话短长。谈诗饶妙语（张应中），联句赋华章。分韵才情涌（潘保根），称奇意兴扬。各矜江海气（李登桂），结对鹤鸾行。吾辈斯文在（马春），高歌笑楚狂（周正环）。”仓促之间作成，余以“明时话短长”对“清水流今古”实不工，然此雅集诚可记也。

四二

2018年5月18日，安徽师范大学九十周年校庆，邀请周啸天先生回母校开讲座，题为《灵犀一点是吾师——诗词鉴赏与写作》。周先生说：“让每首诗都成为一个美的发现。”并举“小荷才露尖尖角，早有蜻蜓立上头”为例，说蜻蜓发现了小荷，杨万里发现了蜻蜓的发现。在座的学生跟着说周老师发现了杨万里的发现，满座皆笑。

四三

2022 年 4 月 24 日，施议对先生曾讲解《当代词综》的材料和观念问题。讲解完毕，在下提问：“施先生的著作《民国四大词人》为何不署《民国四大词学家》？”施先生答曰：“词学家是后来的提法，以前没有，以前词人就是词学家，‘民国四大词人’（夏承焘、唐圭璋、龙榆生、詹安泰）是仿效‘清末四大词人’（王鹏运、朱孝臧、郑文焯、况周颐）而来。”

四四

中央电视台主办的“中国诗词大会”到 2024 年已连续举办九届，成了名牌节目。美中不足的是，一直是玩古人的诗词、他人的诗词，唯独没有参赛者自己的诗词。其实，可以从简单的对对子做起，在每一场的最后环节，来一个五言对句的比赛，节目肯定更精彩。

四五

2023 年中国诗词大会第八季开场时，点评嘉宾念了四句诗：“十年前是樽前客，忧患光阴速可惊。鬓华已改心无改，试把金觥旧曲听。”这四句系压缩欧阳修《采桑子》（十年前是樽前客）而来，可算折腰体绝句，但最后一句殊觉别扭。因为七言句如果并写两事，句法结构一致则顺畅，句法结构不一致则拗口。如“秦时明月 / 汉时关”“云想衣裳 / 花想容”“绿叶成阴 / 子满枝”“杨花落尽 / 子规啼”等等，各句皆有两事，句法结构一致，读来顺畅。“鬓华已改/心无改”，读来也顺畅。“试把金觥/听旧曲”，顺畅，但不押韵；“试把金觥/旧曲听”，合律，但拗口。点评嘉宾似乎没有注意到这一点。

四六

2023年8月17日至19日，安徽首届诗词大会在肥东县合肥理工学校举办，本人应邀作为诗词大会的点评嘉宾。学生选手占大多数，遇到卡壳的时候，不少选手都说“没背过”。比赛题目多种多样，但主要还是比背诵、记忆，没有创作的成分。又，选手对著名的诗话多茫然不知，阅读面也有待拓展。

四七

芜湖诗人十余人有一个微信群，名曰“诗天下”，纵论天下事与谈诗两不误，交流颇相契，亦不时线下相聚。2024年暑日，雅集赭山，席上分韵作诗，李建华有序，颇佳，特录之。《赭山雅集序》：“天地旷远，无非逆旅；光阴百代，只是过客。茫茫宇宙，渺渺红尘，电光石火，如梦如烟。以朝露之躯而邀千秋之赏，蝇营狗苟，困于市朝，朝乾夕惕，吊影孤形，实乃愚人也。殊不知山水有情，风月无价，吞云意气，大块文章，借由呼朋唤侣，结伴悠游，人间无须辨，方外何曾疑？人生如是，岂不快哉！昔白乐天退居洛阳，首创‘九老堂’，以文会友，饮酒赋诗，一时传为美谈。北宋神宗间，文彦博留守西京，与司马光共办‘五老会’，官不分尊卑，食不拘丰约，闲时邀游，主客序转，或酣饮啸歌，或清吟抒志，诗酒酬唱，乐而忘返，此风后人多有慕效之也。鸠兹古城，乃文兴之地，存山谷之响，留于湖之魂，文脉相传，至今不绝。达送、应中、绍斌诸位乃用情之人，或旷达，或儒雅，或勇毅，尽得先贤之风，以志相投，以诗相交，奇文共赏，疑义与析。自建群以降，取长补短，相得益彰。更有其人诗思精进，渐显名家之象。数日前，崔兄达送因雨天路滑，不慎折肱，近日闻之大好，众皆欣欣然。汪兄酝进乃高谊薄云之人，故选和府幽静之所设宴相庆。是日夏雨初霁，天朗气清，甫入初伏而无溽暑之感。和府门堂古雅，庭院别致，有小桥流水，间假山修竹，布局精巧，尽显匠心。鱼戏于水，鸟鸣于树，穿行其间，心旷神怡，不觉春风拂面，翛然忘机。和府所倚，赭山也。此乃城中山，虽无危峰，而秀色不减，一行人循曲径，穿林海，过宝塔，攀石阶，无多时已登顶矣。其上有瞭望亭，登亭远眺，江城尽收眼底。十万人家，参差有致，两江环绕，欲去还留。山风阵阵，蝉唱声声，竟不知今日何日也！不觉间，时已近午，回转入席。杂坐其间，觥筹交错，论今说古，笑语纷纷。酒局将阑，意犹未尽，或倡拈韵唱酬，众皆应允。乃以‘江南江北有故人’为旨，以‘蝉噪林愈静，鸟鸣山更幽’拈韵。于是吐纳珠玉，各有佳咏，今毕录于此，以记其盛。”

四八

人工智能作诗，只是根据诗题和格律拼凑，无个性，常常令人啼笑皆非。《蕖华》五绝云：“一片秋霜叶，纷飞满地红。莫愁家万里，只在月明中。”四句与荷花了不相干，然“莫愁家万里，只在月明中”却是天然好句，可写入月夜思乡诗中。

四九

高适《别董大》首二句云：“千里黄云白日曛，北风吹雁雪纷纷。”余曾疑之，大雪纷飞的时候还有南飞雁吗？壬寅年冬月廿二日晚，余在室中读书，忽闻雁鸣，急出视之，但见天宇一队大雁飞过，呈巨型人字，白亮耀眼。是时节气在大雪与冬至之间，因知高适诗乃实写，古人诚不吾欺也。

五〇

余曾作绝句《昙花》云：“月色溶溶夜气清，花开如雪近三更。今宵且任君相赏，一到天明便绝情。”有人云：“此写一夜情。”余闻之大笑，是所谓“作者之用心未必然，而读者之用心何必不然”（谭献《复堂词录叙》）。

五一

著名作家、学者木心著有《文学回忆录》，此书是陈丹青所记木心的世界文学史课程，古今中外无所不谈，谈外国文学尤多，足见木心博学。其中谈到唐诗宋词，并举木心自己学诗的例子，如步杜甫《咏怀古迹五首》（摇落深知宋玉悲）诗韵：“漂泊春秋不自悲，山川造化非吾师。花开龙冈谈兵日，月落蚕房作史时。萧瑟中道多文藻，荣华晚代乏情思。踪迹渐灭瑶台路，仙人不指凡人疑。”仿李商隐诗云：“沧海蓝田共烟霞，珠玉冷暖在谁家。金人莫论兴衰事，铜仙惯乘来去车。孤艇酒酣焚经典，高枝月明判凤鸦。蓬莱枯死三千树，为君重满碧桃花。”“重”疑为“种”。不合律且不论，总觉诗句拢不到一块去。术业有专攻，信矣。

五二

吕碧城词“吟到中华以外天”（黄遵宪诗句），其“海外新词”最为人称道。其词写海外风光，每用中国典故，余初读其词觉其“隔”。如写日内瓦之铁网桥有云：“渡星娥、鹊群休傍。”“为问倚柱尾生，可忏尽、当年情障。”[《玲珑四犯》（虹影牵斜）] 写阿尔卑斯山有云：“何处巫云吹卷？指依样嵚崎，蜀峰攒剑。”[《月华清》（雕影横秋）] 写纽约港口自由女神铜像有云：“衔砂精卫空存愿。”[《金缕曲》（值得黄金范）] 余曾向祖保泉先生请教，祖先生说：“没有办法，她是中国人，熟悉中国的典故。”现在想来，吕碧城写海外风光，以中国的典故作比，似也无妨。

五三

诗人有自视甚高者。晚清沈汝瑾有句云：“三千界尽伤心地，五百年无入眼诗。”（钱仲联《梦苕庵诗话》第49则）民国林庚白自云：“十年前郑孝胥诗今人第一，余居第二。若近数年，则尚论今古之诗，当推余第一，杜甫第二，孝胥不足道矣。”（《丽白楼诗话》下编）此二人皆可谓狂，然尚有一定根柢。今有人薄李杜，鄙苏辛，而作品平平，可谓妄矣。

五四

清初遗民诗人钱澄之《丁亥元旦立春》诗：“雪舞烟条满眼斜，韶风应律换年华。青阳早变侵衣草，红蕊潜舒送酒花。水阁雨收初见鹭，芳塘晚霁忽鸣蛙。天时物候依然至，错认云山是汉家。”据《田间年谱》，丙戌年钱澄之在福建沙县（今福建省三明市沙县区）北乡寨度岁。丁亥元旦，即 1647 年正月初一。此时雨雪之后便有蛙鸣，甚奇。然沙县地处福建中部，属亚热带大陆性气候，气温日际变化大，冷暖不定，或有此奇观。

五五

唐末农民起义领袖黄巢《菊花》诗云：“待到秋来九月八，我花开后百花杀。冲天香阵透长安，满城尽带黄金甲。”是咏菊花，也是写他的叛逆思想和战斗豪情。清代太平天国将领翼王石达开为某理发店题写一联云：“磨砺以须，问天下头颅几许；及锋而试，看老夫手段如何？”杀气腾腾，同样不可一世。

五六

计有功《唐诗纪事》录唐昭宗《菩萨蛮》二首云：“登楼遥忆秦宫殿，茫茫只见双飞燕。渭水一条流，千山与万丘。　远烟笼碧树，陌上行人去。何处是英雄，迎侬归故宫。”“飘飘且在三峰下，秋风往往堪沾洒。肠断忆仙宫，朦胧烟雾中。　思梦时时睡，不语长如醉。早晚是归期，苍穹知不知？”因李茂贞犯阙，昭宗仓皇出逃，李后主词竟大类此矣。

五七

“读史早知今日事，看花犹是去年人。”此陈寅恪《吴氏园海棠二首》中诗句，似可概括陈诗的情绪，一是对未来的忧虑，一是对过去的回忆。《柳如是别传》开篇云：“寅恪少时家居江宁头条巷。是时海内尚称乂安，而识者知其将变。寅恪虽年在童幼，然亦有所感触，因欲纵观所未见之书，以释幽忧之思。”又，《赠蒋秉南序》云：“清光绪之季年，寅恪家居白下……朝野尚称苟安，寅恪独怀辛有、索靖之忧，果未及十稔，神州沸腾，寰宇纷扰。”其早慧忧虑如此。《残春》诗亦云：“读史早知今日事，对花还忆去年人。”

五八

古今诗人偶有梦中作诗者，迷离恍惚，闪烁跳跃，多有奇句。如欧阳修《梦中作》：“夜凉吹笛千山月，路暗迷人百种花。棋罢不知人换世，酒阑无奈客思家。”秦观《好事近·梦中作》：“春路雨添花，花动一山春色。行到小溪深处，有黄鹂千百。 飞云当面化龙蛇，夭矫转空碧。醉卧古藤阴下，了不知南北。”龚自珍《梦中作》：“不是斯文掷笔骄，牵连姓氏本寥寥。夕阳忽下中原去，笑咏风花殿六朝。”范当世《梦中得一绝》：“洋洋荻浦鸥翻入，漠漠平林鸦暗栖。唯有高高夜来月，照他独鹤一声啼。”吕碧城《梦中所得诗》:“护首探花亦可哀，平生功绩忍重埋。匆匆说法谈经后，我到人间只此回。”

五九

当今诗坛诗社不少，如持社、承社、居庸诗社、皖雅吟社、长青诗社等等，但未形成流派。流派的形成除人员因素以外，还得针对诗坛流弊提出革新的理论主张，在创作上应合诗歌发展的规律和时代要求，天时、地利、人和缺一不可，勉强不得。

六〇

巢湖银屏牡丹，花本一般，因生于悬崖峭壁，环境特殊，遂觉清奇，殊可观也。无为诗人陶光顶《观银屏山仙人洞白牡丹》诗云:“飞天无力落山乡，不著浓妆著淡妆。未借春光增色相，却来樵径播天香。梦回似记前生约，返朴羞争上苑王。寄语洛阳诸姊妹，素怀原不压群芳。”此诗在众多咏银屏牡丹之诗中出类拔萃。

六一

皖江学院学生朱宇可写战争的诗歌云:“谁家慈父谁家子，化作尸骸卧绿苔。若是军囊置花种，群芳烂漫异乡开。”以美写丑，想象出彩，战争的残酷不言自明。

六二

王震宇，1975 年生，著有《独笑楼诗存》。诗存附录部分有两篇论诗文字，其一为《与张玉伟论诗书》，“于五七言古之源流正变，述其梗概”，能抉发古诗演变之关节点，颇具史家眼光。其二为《与张玉伟论诗第二书》，专谈唐代五七言近体诗，对初、盛、中、晚唐诸名家诗做点评，体察入微，是知诗者也。然又有以偏概全之弊。综而言之，王论诗讲源流正变，提倡“体既委婉，语复悠圆，情思绵邈，兴象玲珑，一出乎性情之正”。论唐诗，则“溯自初唐，主乎盛唐，不废中唐，深退晚唐”。

六三

徐晋如，1976年生，富学养，善于独立思考，著有《缀石轩诗话》，有不少真知灼见，亦不免分寸失当，可谓瑕瑜互见。其诗话有核心观念，或曰关键词，如“元胎”“体象”“气象”等，略具体系。今摘录其诗话数则，窥斑见豹：“夫诗源者何？生机也，元胎也，闻一多所谓有诗骨者也。”“天地间至诗，盖皆阳刚为体、阴柔为象之俦。体者性命，象者皮囊。然苟无修姱之皮囊，亦不足动人心魄。”“气象者，诗人历史感之客观化也。诗词而胜在气象，唯担荷历史者为能。”“绀弩体如麻辣烫，入口尚佳，但无余甘，是其短处。”“乐府灭然后诗兴。故知宗宋者生，宗唐者死。”“古今诗人元胎之健未有过于屈原、丘逢甲、陈独秀三子者。其人则鸷鸟不群，戛戛独造，其诗则海啸霆奔，峻极八表。持上数家以视太白，不过一轻薄儿耳。”“柳亚子、郭沫若有体无象。剑气不以箫心为佐，只一大花脸也。”“于右任伧父面目，乃竟以诗享名。以其人而崇其诗，吾独不服。”

六四

程滨，1978年生，能诗，善吟诵，著有《矫庵集》。其《戒诗》一诗有较长序言，起云："诗之准则，一曰意境，一曰气格。"结云："气格既卑，意境何益。遂戒吟咏，以养浩然。浩然之气不作，老死无复为诗。"诗云："临向红尘去，苍茫路已迷。乾坤长似梦，天地更无诗。野圹生明月，幽槎到海涯。人生无好处，回首未生时。"又有《素心》诗云："青春多立志，老大转无聊。已恨鸠侵鹊，翻愁鼠啮猫。抛残和氏璧，吹裂伍员箫。素意今何在，雪封千叶蕉。"程氏所云"气格""浩然之气""素心""素意"，一言以蔽之，即"诗心"。

卷二　诗体与诗律

一

艾略特说："一个造出新节奏的人，就是一个拓展了我们的感情并使它更为高明的人。"（《诗的作用和批评的作用》）由诗而词，由词而曲，都造出了新节奏。由旧体诗而新诗，也造出了新节奏，不过新诗更偏重于内在的节奏，即情感的消长起伏，更不容易处理。

二

爱伦·坡在《致 ×× 先生的信》中说："小说赋予可感知的意象以明确的情绪，而诗所赋予的是不确定的情绪，要达到这一目的，音乐是一个要素，因为我们对美妙音调的理解是一种最不确定的概念。音乐与给人以快感的思想结合便是诗，没有思想的音乐仅仅是音乐；没有音乐的思想，凭着其确定性则是散文，因为它的情绪是明确的。"这段话可以用来解释诗词的格律。诗词的音乐美主要体现在格律方面，而格律的美感是朦胧的，它的情绪是不确定的，所以它适用于任何题材、任何主题的诗词作品，也即诗词有了格律，就有了朦胧的美感。

三

叔本华在《文学的美学》一文中说：“我们若能看到诗人的秘密工厂，将不难发现，韵脚求思想比思想求韵脚多出十倍以上。换言之，韵脚还在思想之先的场合为多，若思想在前，而又坚决不让步，则就难以处理了。”诗词也存在“韵脚求思想”的现象，类似“为文造情”。在写作过程中，“思想求韵脚”与“韵脚求思想”交互作用，反复推敲求得和谐，看不出雕琢的痕迹便好。

四

学诗当从何体开始？有人主张从古体入手，如由云龙（《定庵诗话》）、吴闿生（《诗说》）、胡先骕（《评尝试集》）、瞿蜕园（《学诗浅说》）、徐英（《诗法通微》）等；有人主张从近体入手，如黄生（《诗麈》）、冒春荣（《葚原诗说》）、詹安泰（《无庵说诗》）、俞律（《诗海初渡》）等，皆不如日本广濑淡窗说得清楚明白：“学诗之前后，童子无学之辈，先学绝句，次律诗，次古诗。若学力既备而后学诗者，则由古诗入而及律绝；若先古诗后律绝，由本及末，则顺；若先律绝后古诗，由末及本，则逆，不如事之顺。然古诗非学力不能作，故不得不先律绝……”（《淡窗诗话》）

五

自唐以后，脍炙人口的诗多在近体，因其精短，易记易诵。

今人也可多写近体，然古体并非无用，亦不可等闲视之，尝试古体有助于拓宽近体思路，增强近体气魄。

六

古人作诗填词分辨平上去入四声，南宋以后，诗依《平水韵》，清以后，词依《词林正韵》，力求声韵谐美。或问："《中原音韵》没有入声，元曲不也很好吗？"元曲是很好，但如果加上入声会更好。平上去入四声，如东南西北，如春夏秋冬，如元亨利贞，本来不多，只平上去三声，难免单调。

七

长期写旧体诗会养成平仄思维，一句话出口便知是否合律。茅盾有小说名"霜叶红似二月花"，将杜牧律句改成非律句，是不知诗者，前人已议之。茅盾也写诗词，但格律每多错谬。

八

台湾作家琦君的散文集名多为律句，如"细雨灯花落""千里怀人月在峰""留予他年说梦痕""青灯有味似儿时""一袭青衫万缕情"等等，是知诗者也。

九

李叔同的歌词《送别》多为律句，像词，这也是新诗格律化的一条道路，可惜没有人继续走下去。

一〇

思，作动词读平声，作名词读去声，此是一般情况。作“悲”解，也读去声。李商隐“锦瑟无端五十弦，一弦一柱思华年”(《锦瑟》)，“永巷长年怨绮罗，离情终日思风波”(《泪》)，两处“思”字均是。

一一

欃枪，彗星的别名。“欃枪”之“枪”读chēng，八庚韵，也可叶阳韵。明汪道昆《戚将军入闽破贼赋十绝句》其五：“凉风初动缦胡缨，明月高悬都护营。海上三秋传露布，天南五夜堕欃枪。”诗中“枪”即属八庚韵。

一二

“东、冬、江”三韵互押。谢灵运《田南树园激流植援》：“樵隐俱在山，由来事不同。不同非一事，养疴亦园中。中园屏氛杂，清旷招远风。卜室倚北阜，启扉面南江。激涧代汲井，插槿当列墉。群木既罗户，众山亦当窗。靡迤趋下田，迢递瞰高峰。寡欲不期劳，即事罕人功。唯开蒋生径，永怀求羊踪。赏心不可忘，妙善冀能同。”谢榛《四溟诗话》卷四第十六则：“或曰：‘江韵不附于阳韵之后，而附于东、冬之后，何哉？’曰：‘江韵之字，皆出于东、冬二韵，若金傍着工为“釭”，木傍着春为“椿”，余类此。凡作古诗三韵互用，谢康乐《田南谢园》诗曰：“樵隐俱在山，由来事不同。卜室倚北阜，启扉面南江。”汉魏诸贤，如此尤多。’”余曾以古诗中“东、冬、江”三韵互押之事咨询储泰松教授，储教授答疑云：“韵文押韵除了近体诗以外，并没有谁制定一个标准，然后按照标准押韵。一般来说，只要听觉上感觉和谐的一组字都可以放在一起押韵，《诗经》如此，《楚辞》亦如此。谢灵运诗以‘同、中、风、江、墉、窗、峰、功、踪、同’押韵，说明作者生活的时代这些字的韵是相同的。南北朝以后，方言的差别越来越大，各地语音不同，在这种情况下，就需要一个大家都能听懂的语音系统来作为押韵标准，韵书因此产生。到隋代，实行科举考试，因为考生来自全国各地的不同方言区，出于人才选拔的公平公正考虑，亟须一个统一的押韵标准，于是官韵（官方规定的押韵标准）就产生了，也就是后人所说的‘平水韵’。官韵开始确立的时候，可能是以某种普通话（标准语）为标准的，但随着时间的推移，语音不断产生变化，前代的普通话与后代的普通话产生了差别，但是官韵（平水韵）并没有随着普通话读音的改变而改变。”

一三

关于“居”字韵。宋本《广韵》中“居”有二韵。一为“七之”韵，注曰“语助，见《礼》”，即语气助词；一为“九鱼”韵，注曰“当也，处也，安也”。清《佩文诗韵》也将“居”列为二韵，“四支”和“六鱼”。《庄子・齐物论》：“何居乎？形固可使如槁木，而心固可使如死灰乎？”唐陆德明《经典释文》：

“何居，如字。又音姬。”即“居”读“鱼”韵，又读“之”韵。方回诗“祖考精神散，子孙能聚之。淫祠祭非鬼，萃涣义何居”，“居”押“四支”韵。然前人诗中“居”非语助词，亦押“四支”韵者屡见不鲜。清王志翰《自龙泉乘车由双峰至香岩寺》：“已就香岩路，龙泉一望迷。探幽欣目朗，揽胜任车迟。绿树看难尽，青峰别作奇。谁云仙境渺，时至白云居。”“居”押“四支”韵。唐寅《题画十首》其九：“十丈霜根映涧虚，五椽茅屋野人居。尘埃不到市朝远，琴趣年来只自知。”则“四支”“六鱼”韵混用。丘逢甲《秋日藕华枉过山居次元韵四首》其二：“天冠山下野人居，除却渔樵少往来。今日谪仙劳过访，看山还费赋诗才。”“居”字阑入“十灰”韵，不知何故。

一四

连横诗中“歌”字偶入“豪”韵，如《九日》：“天地多秋气，江山付我曹。百年犹作客，九日独登高。从菊孤舟泪，崇兰玉佩歌。人生感行役，一醉岂辞劳。”《京汉道中展读史记拉杂得诗五首》其一：“中原睥睨无余子，乱世功名看尔曹。穷尽黄河九千里，我来广武但狂歌。”

一五

在近体诗中，三平调是忌讳。而在七言古诗中，三平调则常用，为什么？大约取其稳重，能撑住七古长篇，如高楼大厦之墙基。

一六

长律起结固然难，而中间转处尤难。长律中间各联均须对仗，宜于围绕某一对象来写，一气直下，如果诗中转换对象，再起话题，则须兼顾两者，承上启下，还得用对仗句，所以难度尤大。杜甫善五言长律，诗中转折高妙自然，如《上韦左相二十韵》先写对方再写自己，至“才杰俱登用，愚蒙但隐沦”一联，上句收束颂赞对方之意，下句引出自己，此转折处最见功夫。

一七

苏舜钦《寄王几道同年》：“新安道中物色佳，山昏云澹晚雨斜。眼看好景懒下马，心随流水先还家。步头浴凫暖出没，石侧老松寒交加。怀君览古意万状，独转涧口吟幽花。”注家多称之为七律。余以为尽管中二联对仗，实则多处失黏失对，又多三平尾，究不可称为七律，可谓“运律入古”之作。

一八

苏舜钦《宿华严寺与友生会话》颔联：“白烟覆地澄江阔，皎月当天尺璧孤”，“白烟”与“澄江”系两物，“皎月”与“尺璧”是一物，对仗未工。

一九

《贺新郎》又名《金缕曲》《乳燕飞》《貂裘换酒》，此调最早见于苏轼词作《贺新郎·夏景》，因首句“乳燕飞华屋”，故又名《乳燕飞》。苏词写初夏景，写闺情，词风婉约。张元幹有两首《贺新郎》，一首寄李纲，一首送胡铨，慷慨悲壮，超越前人，为其《芦川词》压卷之作。辛弃疾喜作《贺新郎》，计有 23 首之多，大抵牢骚语、哀愤语，亦体现“稼轩体”词风，以赋为词，以文为词，极潇洒朗健。清初顾贞观亦喜填《贺新郎》(《金缕曲》)，其中寄吴汉槎两首（季子平安否、我亦飘零久），以词代书，特见性情，为其代表作，后人评价极高。纳兰性德亦有《金缕曲》9 首，低回往复，意态悲凉，亦佳。

二〇

吾常云：“欲写新诗先学旧诗”，学旧诗什么呢？一是形象的描写和意境的营造，二是简洁含蓄的语言，三是节奏感和音乐美。一般来说，不接受旧体诗的熏陶自由体新诗也写不好。

二一

李白五绝天骨开张，明朗洒脱，不拘形迹，亦有精巧玲珑者，如《玉阶怨》《怨情》。王维五绝多得于静观万物，幽静恬淡，妙入自然。李白以写人胜，王维以写景胜。日本广濑淡窗五绝善于捕捉画面，绘景之中有感觉，饶理趣，思路开阔似李白，精微独到似王维。杨万里五绝多写景咏物，所谓一地的景色、一时的情趣。杨诗多理趣，佳处亦在借形象发议论，恰是宋诗特色。因为写得多，杨诗泛泛之作、为作诗而作诗者亦复不少。

二二

胡适认为旧体诗词的格律束缚了现代人复杂微妙的思想感情，所以要打破诗词格律的束缚，写自由体新诗。此话经不起推敲。试问杜甫、李商隐有没有复杂微妙的思想感情？他们被格律束缚了吗？毛泽东有没有复杂微妙的思想感情？他被格律束缚了吗？如果感到被格律束缚了，是因为自己功夫不足，修养不足，不能怪格律本身。

二三

杜甫《秋兴八首》第二首颔联云："听猿实下三声泪，奉使虚随八月查。"前句是"听猿三声实下泪"的倒装，为了调平仄、词性，以便与后句对仗。第八首颔联云："香稻啄余鹦鹉粒，碧梧栖老凤凰枝。"理顺语序应为"鹦鹉啄余香稻粒，凤凰栖老碧梧枝"。"香稻"与"鹦鹉"平仄一致，"碧梧"与"凤凰"平仄一致，所以倒装不是为了调平仄使其合律，而是为了突出"香稻""碧梧"，将其前置。黄遵宪《酬刘子岩同年瑛》颔联云："看花每溅啼鹃泪，绕树难安飞鸟枝。"理顺语序应为"看花啼鹃每溅泪，绕树飞鸟难安枝"。该联倒装是为了合律，用字、句法均受杜甫"香稻"一联的影响。

二四

韩偓《寒食日重游李氏园亭有怀》："往年同在鸾桥上，见倚朱栏咏柳绵。今日独来香径里，更无人迹有苔钱。伤心阔别三千里，屈指思量四五年。料得他乡遇佳节，亦应怀抱暗凄然。”前半作扇面对，七律中少见。

二五

刘禹锡《酬乐天扬州初逢席上见赠》：“巴山楚水凄凉地，二十三年弃置身。怀旧空吟闻笛赋，到乡翻似烂柯人。沉舟侧畔千帆过，病树前头万木春。今日听君歌一曲，暂凭杯酒长精神。”人教版初中《语文》九年级上册选此诗，诗后注释“二十三年”云：“从唐顺宗永贞元年（805）刘禹锡被贬为连州刺史，到写此诗时，共二十二个年头，因第二年才能回到洛阳，所以说‘二十三年’。”该注释有两处失误。一、刘禹锡被贬为连州刺史在元和十年（815），非永贞元年（805）。永贞元年（805）刘禹锡贬为朗州（今湖南常德）司马。二、改“二十二年”为“二十三年”是出于格律的需要。该诗第二句的格律是“仄仄平平仄仄平”，“二”字为仄声，“三”字为平声，为了避免犯孤平，虚一点，改“二”为“三”。白居易的赠诗也说“二十三年折太多”。朝廷召回他的命令下达了，便不再是“弃置身”了，与何时回洛阳没关系。

二六

集句诗合律容易，气脉贯通难。清戴本孝集陶诗为《田家》云：“少无适俗韵，甘以辞华轩。但道桑麻长，而无车马喧。服勤尽岁月，守拙归园田。终晓不能静，鸡鸣桑树颠。”颇为自然。但集句究为游戏性质，吃力不讨好，偶一为之不妨。今有人专在这方面下功夫，东拉西扯，不知所云，吾友王荣炳称之为“堆句”，一笑。

二七

马一浮先生云：“和诗有次韵、和韵、同韵之别。次韵以原作韵脚为序，一字不可移；和韵虽用原韵，而不拘次序；同韵则但韵部相同，不必原字。唐人不用次韵，荆公、东坡、山谷始多为之。”语载《语录类编·诗学篇》。马先生记忆有误，“唐人不用次韵”一语不确。元白之间次韵诗便不少，如元稹《戏赠乐天复言》七律，韵脚字“徂、孤、无、卢、湖”，白居易《酬微之夸镜湖》七律即次元稹诗韵，元稹《重酬乐天》《再酬复言》复次前韵。

二八

戴望舒1944年作《萧红墓畔口占》诗：“走六小时寂寞的长途，/到你头边放一束红山茶，/我等待着，长夜漫漫，/你却卧听着海涛闲话。”余光中《评戴望舒的诗》一文称《萧红墓畔口占》等诗语言纯厚自然，富于中国情韵。余光中独具只眼。此诗真有绝句风味，“口占”二字亦是旧诗中常用字眼。余试改戴诗为绝句云：“长途跋涉不辞劳，一束山茶慰寂寥。浅水湾中消永夜，孤坟无语对波涛。”庶几近之。

二九

写绝句须有灵感，抓住一点不及其余，天工大于人力。写律诗须有学养，围绕主题敷衍成篇，人力大于天工。古诗难言，大抵短篇天工大于人力，长篇人力大于天工。绝句、律诗、古诗，历代名家各有胜处，大家则无所不能。

三〇

关于称诗词为“解”。《辞源》释“解”有一条云：“乐曲的章节。《乐府诗集》二六《相和歌辞·解题》：‘《古今乐录》曰：伧歌以一句为一解，中国以一章为一解。’引申为回次。”查礼《榕巢词话》有云，张安国“集内《念奴娇·过洞庭》一解，最为世所称颂”。

三一

程志淳为黄生《唐诗摘抄》作序，言及诗律有云：“气以律而清，词以律而隽，文以律而成。匪唯近体，即歌行、古风，莫不有律，如行师之有纪律焉。”此说甚佳。我也有一比，近体诗材料如同黄豆，近体诗内容如黄豆磨成豆浆，施以格律如加石膏，诗成如豆腐。无格律，近体诗不得成型也。

三二

沈佺期《北邙山》：“北邙山上列坟茔，万古千秋对洛城。城中日夕歌钟起，山上唯闻松柏声。”山上城中，对照甚好，味厚，可做多种解读。杨键诗《山坡》：“山坡上，是祖先的墓地。/ 山坡下，是播种的农田。/ 我们把死猪扔进小河，/ 把亲人的尸骨葬在山坡。/ 年轻时，我们有着很深的爱欲，/ 现在又陷入对爱欲的怀疑。/ 山坡上，坟墓逐年增加，/ 山坡下，秧苗随风起伏。”该诗的对照手法与《北邙山》相似，但味薄。

三三

历代绝句选本很多，宜择读。刘永济《唐人绝句精华》选唐人绝句 788 首，篇幅适中，所选大体允当。中有诗人小传，注释简练，便于读者鉴赏。书后选录历代诗家论绝句文字，也有研究价值。此选本可配合周啸天著《唐绝句史》阅读。又，周正环编注《历代绝句六百首》，上起魏晋，下迄民国，选诗精严，亦佳。

三四

崔颢《黄鹤楼》诗：“昔人已乘黄鹤去，此地空余黄鹤楼。黄鹤一去不复返，白云千载空悠悠。晴川历历汉阳树，芳草萋萋鹦鹉洲。日暮乡关何处是，烟波江上使人愁。”严羽《沧浪诗话》云：“唐人七言律诗，当以崔颢《黄鹤楼》为第一。”杜甫《登高》诗：“风急天高猿啸哀，渚清沙白鸟飞回。无边落木萧萧下，不尽长江滚滚来。万里悲秋常作客，百年多病独登台。艰难苦恨繁霜鬓，潦倒新停浊酒杯。”胡应麟《诗薮》云：“杜‘风急天高’一章五十六字……此诗自当为古今七言律第一，不必为唐人七言律第一也。”从格律上看，崔诗颔联平仄、对仗不工，有古风特色。杜诗不但中二联对仗工稳，而且首尾两联也对仗，首联句中自对，真可谓“晚节渐于诗律细”。气度上，崔诗浑成，至尾联气力不衰。杜诗前三联固是大手笔，尾联堆垛形容词，写自身琐细，有难以为继之感。但瑕不掩瑜，二者皆一流好诗，未易分优劣。然则，何诗为古今七律第一？依愚所见，杜甫《蜀相》或可当之。

三五

当今写旧诗的人很多，掌握了格律，但普遍的毛病是缺乏新意。写新诗的人也很多，比较有新意，但普遍的毛病是缺少对语言的锤炼。旧诗、新诗可以相互借鉴、学习，旧诗可以学习新诗的创造性和陌生化手法，新诗可以学习旧诗语言的锤炼和韵律美。

三六

“五月里来菜花香 / 布谷流连催人忙 / 万物滋长天明媚 / 浪子远游思家乡 // 勃朗宁，毛瑟，三号手提式，/ 或是爆进人肉去的左轮，/ 它们能给我绝望后的快乐，/ 对着漆黑的枪口，你就会看见 / 从历史的扭转的弹道里，/ 我是得到了二次的诞生。/ 无尽的阴谋；生产的痛楚是你们的，/ 是你们教了我鲁迅的杂文。”这是“九叶派”著名诗人穆旦《五月》一诗的前两节。前四句为旧体诗，有古典情怀和民歌风味；后面为自由体新诗，写的是暴力和阴谋，内容和形式都构成对比，实验颇为有趣。该诗一共九节，穿插了五首旧体诗，但都不合绝句格律。

三七

艾青被新诗界称为大诗人，他的诗有深厚博大的胸怀，有绘画美和雕塑感，捕捉生活细节的能力也很强。但他鄙弃旧体诗，不学习、借鉴旧体诗的优长，从而限制了他的诗歌成就。他提倡新诗的“散文美”，但很多诗只做到了“散文化”，如《大堰河——我的保姆》《雪落在中国的土地上》等名篇，句子松散、拖沓，食洋不化。余光中在《早期作家笔下的西化中文》一文中也做了批评。

三八

顾城被称为“童话诗人”，他的新诗有童心，有灵气。他也写旧体诗，但都不合格律，如《白云梦》：“峰顶小店白雾中，彩光映栏绿谷深。把酒洒地醉红花，举杯向天祝青云。沉睡万年江海溢，舒醒双臂鸟兽惊。忽觉人间天地小，打破苍穹落流星。”不伦不类，颇为遗憾。

三九

“五四”以后的新文学家有不少人兼擅诗词，如鲁迅、周作人、胡适、郁达夫、沈尹默、王统照、俞平伯、施蛰存、刘大白、闻一多、老舍、叶圣陶、田汉、朱自清、钟敬文、郭沫若、张恨水、钱锺书、唐弢等等。他们有旧学根柢，谙熟旧体诗写作，借传统文学体裁抒情言志，记录人生，亦属自然。他们时或在小说、散文中穿插旧体诗，诗与文构成互文关系，相得益彰。

这种创作现象是对传统创作方式的继承，也体现了这些作家深厚的旧诗情结。

四〇

打油诗相传为唐代张打油所创，其《咏雪》就是打油诗的经典，诗云："江上一笼统，井上黑窟窿。黄狗身上白，白狗身上肿。"何谓打油诗？《辞海》解释为："诗歌的一种。……所用都是俚语，且故作诙谐，有时暗含讥嘲。"《汉语大词典》则解释为："旧体诗的一种。内容和词句通俗诙谐，不拘于平仄韵律。"综合两书的解释，打油诗有三个特点：一、语言通俗，多用俚语，不大拘于平仄韵律；二、幽默诙谐，有趣味；三、有时暗含讥嘲。第一点为形式方面的特点，后二者为内容方面的特点。但古代打油诗多滑稽成分，甚至油滑粗鄙，"设喻夸张，油气十足"。"五四"以后的打油诗却多了严肃正经的内涵。

四一

"五四"以来的旧体诗创作中，"打油诗"比较多见，现代有周作人、张恨水等人的部分作品，当代以聂绀弩、杨宪益、黄苗子、邵燕祥、李汝伦等为代表的"杂文诗派"都喜欢写打油诗，堪称洋洋大观。这些诗人有的直接以打油命名诗集诗作，如周作人的《苦茶庵打油诗》，何满子的《一统楼打油诗钞》，邵燕祥的《邵燕祥诗抄·打油诗》，黄苗子的《牛油集》。有的虽不直接以打油命名，也自称为"打油诗"，如聂绀弩、廖沫沙等人。张恨水的《剪愁集》也收有很多颇具打油味的诗作，也有直接命名为“打油词”“补白诗”的，或在诗词的后记里说“只能打油一番而已”“反正是打油”之类的话。为何“五四”以后独多打油诗呢？“文变染乎世情，兴废系乎时序。”诗体自身的演变发展，时代的风云际会，诗人的遭遇感慨与个性气质，三者的合力作用，乃成就之。

四二

隋李孝贞《园中杂咏橘树诗》云：“嘉树出巫阴，分根徙上林。白华如散雪，朱实似悬金。布影临丹地，飞香度玉岑。自有凌冬质，能守岁寒心。”此诗除第七句失黏外，其余完全合五律之要求。自陈至隋，很多诗作已初具五律规模。

四三

李商隐《乐游原》：“向晚意不适，驱车登古原。夕阳无限好，只是近黄昏。”首句写心情不畅。次句写驱车登览，排遣愁绪。三句陶醉夕阳美景，情绪当然高涨。结句又猛然跌落，回归惆怅，意蕴却比“不适”更为深广。小诗开阖变化，写出了情感的曲线。一二句声情上大有讲究。“向晚意不适”为拗句，五字全仄，读来喉咙紧张，生理上也有不适之感。“驱车登古原”，“登”字该仄用平，救出句的“意不”二字，此句一仄四平，读来轻松，紧张的喉咙即刻舒展开来。声韵与情绪完全一致，可谓妙手偶得。

四四

绝句正格押平声韵，第三句尾字必用仄声，以求得尾字平仄相间的效果。押仄声韵的绝句为古绝句，第三句尾字一般用平声，但也可以用仄声，如北宋文同《露香亭》:“宿露濛晓花，婀娜清香发。随风入怀袖，累日不消歇。”苏辙《遗老斋绝句》:“久无叩门声，剥啄问何故。田中有人至，昨夜盈尺雨。”均是。因属古体，平仄本不计较。

四五

“平头”作为诗病，有两义。一指“四声八病”之一病，即五言诗第一字、第二字与第六字、第七字平仄相同，拿近体诗“黏对”的要求来说是失对。到清代，“平头”又有一义，指相邻两联开头部分语法结构相同，也叫“同头”。

四六

袁枚悼亡女七律首联:“哭婿才揩眼未干，又教哭女泪阑干。”前一句韵脚字本为“乾”，现代汉语简化为“干”，与后一句“干”本非一字，故不重韵。

四七

音乐是一切文艺的灵魂。一个人灵魂里没有音乐，诗也写不好。

四八

语言学家赵元任在《谈谈汉语这个符号系统》一文中，以岑参的诗《白雪歌送武判官归京》论述汉语的语调和韵律在象征方面的言外之意。他认为，在这首诗里，前两句“北风卷地白草折，胡天八月即飞雪”，音节都是以迫促的入声结尾，象征了冬天到来万物凋零的场景；接下来两句“忽如一夜春风来，千树万树梨花开”，以流畅的平声字结尾，可以象征春暖花开欣欣向荣的景象。由于汉语每个字都有自己的声调，字调加在语调的起伏上面，很像海浪上的微波，非常优美且富于表现力。

四九

诗韵入声分十七部，词韵合并邻韵，入声分五部。上海古籍出版社出版《诗韵新编》云：杜甫《自京赴奉先县咏怀五百字》《北征》“为我们今天入声全部通押开了先河”。经查，杜甫这两首长诗所用韵脚字，主要在入声“质”“月”“屑”“曷”四部。个别韵脚字在“锡”“物”“黠”三部。有的是诗中换韵，有的是邻韵通押。如果以后世的词韵验之，它们都属于词韵第十七部与第十八部，并没有入声全部通押。愚以为，诗韵放宽可用词韵，但不可入声全部通押。试问，入声全部通押还有韵吗?

五〇

阿，作山陵解，读平声，属“五歌”韵。作为词头，用于亲属称呼或小名之前，读仄声。古人诗作如：“远别辞亲苦念家，马头明日是天涯。床前小女知人意，也学悲啼向阿耶。”（明·唐之淳《别家》）“闲看溪水绕橙根，自握刀锄斸（zhú）小园。日午课诗孙渐长，上堂夸与阿婆言。”（明·陈献章《喜孙读书》）两绝句中“阿”字均读仄声。

五一

张泌《浣溪沙》词：“独立寒街望月华。露浓香泛小庭花。绣屏愁背一灯斜。　　云雨自从分散后，人间无路到仙家。但凭魂梦访天涯。”不用深究其意，只读起来便觉美，音韵美，形象美，美不胜收。

五二

郁达夫《谈诗》云：“做诗的秘诀，……我觉得有一种法子，最为巧妙。其一，是辞断意连，其二，是粗细对称。”按：辞断意连固然是。至于粗细对称，郁达夫举杜甫咏明妃一联“一去紫台连朔漠，独留青冢向黄昏”，说前一句“广大无边”，后一句“细小纤丽”。实际上，一粗一细、一大一小并不对称，可称“粗细对举”。在创作中，粗细一致、大小相当者更为常见。

五三

张潮《幽梦影》有一则云：“予尝偶得句，亦殊可喜，惜无佳对，遂未成诗。其一为‘枯叶带虫飞’，其一为‘乡月大于城’，姑存之，以俟异日。”余试为之对：“昏鸦驮日下，枯叶带虫飞。”“芒鞋轻胜马，乡月大于城。”吾友章绍斌对云：“寒禽衔果落，枯叶带虫飞。”“江声高过岸，乡月大于城。”甚佳。

五四

清代沈复《浮生六记》乃自传体散文名作，其中记录沈复夫妇诗对有云：“秋侵人影瘦，霜染菊花肥。”“兽云吞落日，弓月弹流星。”“触我春愁偏婉转，撩他离绪更缠绵。”后一联为咏柳絮。

五五

张问陶诗重性灵，律诗中佳对颇多，如：“落叶半山雨，凉蝉满树秋。”（《题黄州陈春亭汉上寓圃》）“秋连平楚阔，天入大江低。”（《江上》）“入世情无赖，依人事恐违。”（《大道》）“何事能千古，无端又一年。”（《幽井》）“盆花来静女，檜树立将军。”（《春日即事》）“若使云霞生肘腋，未妨谈笑出风尘。”（《题南台痛饮图》）“酒因恶醉停杯早，诗为求真下笔难。”（《成都漫兴》）“天下奇愁三径远，人间冷眼万花空。”（《菊花诗》）“急瀑飞声争大壑，断云作势补奇峰。”（《煎茶坪题壁》）“眼底无人真旷达，意中有海更苍茫。”（《花朝重登蠡勺亭》）

五六

易顺鼎少为“神童”，长为“才子”，其诗长于对仗，七律中佳对甚多，如：“但有文章憎命达，应无富贵逼人来。”（《下第简王梦湘》）“堕地风花红有劫，极天烟草碧无情。”（《将去都赋感四首》）“江树碧稀如有待，野花红极转无聊。”（《春晴同次香梦岩诸人游城外二首》）“风到中原参正变，山从上世阅兴亡。”（《订近年诗卷……》）“万事都随春似梦，孤怀渐觉日如年。”（《清明四首》）“山分秦蜀龟蛇脉，水作孙曹鹬蚌场。”（《武昌览古》）“万花世界将红洗，六代湖山要白描。”（《金陵雪后独游》）“地下女郎多艳鬼，江南天子半才人。”（《金陵杂感十二首》）“眼底麦秋儿女命，脚跟华夏帝王州。”（《道中作》）“三晋云山驴背上，九边星月雁声中。”（《西天门》）

五七

安徽刘梦芙先生擅诗词，著有《啸云楼诗词》等。其集中七律佳联比比皆是，如：“蠡管未窥沧海阔，萤光偏妒大星明。”（《辛未冬宜城重晤白君启寰，论及当代诗坛，颇多感喟，书寄八律》）“日出云端瞻太华，涛来天上听黄河。”（《霍松林先生赐题拙集，次韵敬谢》）“芳草绿埋篱畔雪，早梅红幻笔端花。”（《乙亥元旦抒怀步凡章师〈迎春曲〉十律原韵》）“九秋客鬓吟边白，万叠家山梦里青。”（《客居京华，读黄仲则〈都门秋思〉诗，怆然有作》）“枫叶红时堪把酒，菊花黄处最宜诗。”（《桐城寓台名诗人汪中先生回皖，赋赠二律》）“神州地广掀狂浪，炼狱人多下大荒。”（《岭南青年苏俊见寄感怀七律八章，次韵答之》）“美人醇酒销魂易，仙客灵丹救世难。”（《癸未晚秋，偕梁先生怡然、赵君松元、徐君晋如登金山，次丘仓海〈秋怀〉和覃孝方八律原韵抒感》）“离乡每作还乡梦，入世长怀出世心。”“东篱高士而今少，南国佳人自古多。”（《次章君唐笺新作七律五章原韵》）“史笔独存人峻洁，诗心长共月苍凉。”（《谒陈寅恪先生墓，次先生诗集中〈忆故居〉原韵》）这些对句，要么以境界豁人眼目，要么以思理启人心智，对仗精工，格调健朗，读之如数珍珠，如观美景，如饮佳酿，让人爱不释手。

五八

我给某班上诗词写作课，顺便涉及对联写作，期末考试出了一道对联题，上联“梅花不惧风霜冷”，要求对出下联。对句佳者如“竹叶何愁雨雪寒”“柏树何忧雨雪寒”，为正对；“玉露难谙岁月长”，反对尤佳。监考时，我自己也凑了三句，分别是“兰草长宜岭壑幽”“卵石能经日月磨”“笼鸟宁知天地宽”。

五九

古代有个李廷彦，写了一首百韵排律，呈给他的上司请教。上司读到里面一联：“舍弟江南没，家兄塞北亡！”非常感动，深表同情说：“不意君家凶祸重并如此！”李廷彦忙恭恭敬敬回答：“实无此事，但图属对亲切耳。”这事传开了，成为笑柄。有人还续了两句：“只求诗对好，不怕两重丧。”（陶宗仪《说郛》卷三二范正敏《遁斋闲览》、孔齐《至正直记》卷四）上文录自钱锺书《诗可以怨》一文，为“哄自己”的诗例。因过于搞笑，特录如此。

六〇

网上有人说:“对联是诗词创作的基础，诗词是对联实践之路，没有学会写好对联，就不可能创作出优秀的诗词篇章来。”此是误导。对联这种文体是受骈文、律诗的影响而产生的，律诗中的对仗与对联形式相似，会写律诗，写对联不难。律诗须有文学性，对联注重实用性；由律诗而写对联易出彩，由对联而写律诗多乏味。高人则不受此限制，不论从什么开始都行。

六一

两字组词相对，如果本身是并列成分，上下词性不一致也可以对仗。若三字相对，则罕见，杜甫有之。明末安徽歙县方弘静云:“七十”“寻常”，“西南”“十九”，对工矣。“羁栖愁”“二十四”，工之工者也。

六二

在越剧《梁山伯与祝英台》中，唱词“像这般良朋益友世间少，我有意与他结为兄弟盟”，“盟”字唱如“明”，恰合平水韵之“八庚”韵。

六三

为何“运古入律”其调自高，“运律入古”其格易卑？古诗质朴自然，律诗雕琢工巧。雕琢工巧中见质朴自然，其调自高；

质朴自然中见雕琢工巧，其格易卑。

六四

对仗句语法结构宜一致。某君对句“岚穿峡谷随风袅，岩泻流泉入涧环”。前者“岚随风袅”，后者“泉入涧环”，“岚”“泉”二字不在诗句相应的位置，两句语法结构不一致，后者可改为“泉泻悬崖入涧环”。

六五

苏轼《西斋》诗：“西斋深且明，中有六尺床。病夫朝睡足，危坐觉日长。昏昏既非醉，踽踽亦非狂。褰衣竹风下，穆然中微凉。起行西园中，草木含幽香。榴花开一枝，桑枣沃以光。鸣鸠得美荫，困立忘飞翔。黄鸟亦自喜，新音变圆吭。杖藜观物化，亦以观我生。万物各得时，我生日皇皇。”押“阳”韵，“生”字初读似不押韵。《康熙字典》注“生”字云：“师庄切，音商。”因知“生”字古音也读“商”。

六六

金昌绪《春怨》：“打起黄莺儿，莫教枝上啼。啼时惊妾梦，不得到辽西。”李益《江南词》：“嫁得瞿塘贾，朝朝误妾期。早知潮有信，嫁与弄潮儿。”两诗中的“儿”字用普通话来读显然是不押韵的。按：“儿”在平水韵中属于“四支”韵。《辞源》注“汝移切”。据说粤语读如“怡”。

卷三　语言与修辞

一

何谓“羲皇上人”？钟嵘《诗品》云：“次有轻荡之徒，笑曹、刘为古拙，谓鲍照羲皇上人，谢朓今古独步。”曹旭先生注“羲皇上人”云：“羲皇上人：上古传说中的帝王伏羲氏。上人，至高无上的统治者。”此注有误。“羲皇上人”典出陶渊明《与子俨等疏》：“五六月中，北窗下卧，遇凉风暂至，自谓是羲皇上人。”逯钦立注云：“羲皇上人，伏羲时代以上的人。辛弃疾《鹧鸪天》‘自是羲皇以上人’本此。”此说是。张孝祥《南歌子》“人物羲皇上，诗名沈谢间”亦用此典，“羲皇上”即“羲皇上人”的缩写。

二

刘义庆《世说新语·言语》：“桓公北征经金城，见前为琅邪时种柳，皆已十围，慨然曰：‘木犹如此，人何以堪！’攀枝执条，泫然流泪。”桓温金城泣柳，感万物变动不居而生命短暂易逝，英雄而有情致如此，为后人称颂。庾信《枯树赋》将桓大司马的感叹演成一首四言诗：“昔年种柳，依依汉南。今逢摇落，悽怆江潭。树犹如此，人何以堪！”欧阳修则炼成一句云“树犹如此我何堪”（《去思堂手植双柳今已成荫因而有感》），此句极有韵致，后人咏柳多袭用之。

三

刺舌典故。《隋书·贺若弼传》：“父敦，以武烈知名，仕周为金州总管，宇文护忌而害之。临刑，呼弼，谓之曰：‘……且吾以舌死，汝不可不思。’因引锥刺弼舌出血，诫以慎口。”锥刺舌，犹言言语谨慎。苏轼《刘贡父见余歌词数首，以诗见戏，聊次其韵》：“刺舌君今犹未戒。”陈寅恪《癸卯正月十一日立春，是夕公园有灯会，感赋》：“涉世久经刀刺舌。”

四

李白有诗句：“镜湖三百里，菡萏发荷花。”汉代《尔雅》释“荷”云：“荷，芙渠……其华菡萏。”菡萏指荷之花。在“菡萏发荷花”一句中，“荷花”指荷这种植物，“菡萏发荷花”即“菡萏发（于）荷花”之省略。今人多认为“菡萏”指荷花的花苞，误。

五

浮蚁与浮蛆。浮蚁，指酒面上的浮沫，借指酒，诗词中常见，如："春醪（láo）生浮蚁，何时更能尝？"（陶渊明《拟挽歌辞三首》）"动摇浮蚁香浓甚，装束轻鸿意态生。"（刘禹锡《酬乐天衫酒见寄》）宋人开始用"浮蛆"一词，如："楼头破鉴看将满，瓮面浮蛆拨已香。"（欧阳修《招许主客》）"冰盘荐文鲔，玉斝倾浮蛆。"（苏轼《答任师中、家汉公》）"炊玉吴粳美，浮蛆社酒酴。"（陆游《邻饷》）大约为了调仄为平，故用"浮蛆"，但不美。浮蚁与浮蛆，微露唐宋分界。

六

银杏原称鸭脚。李时珍《本草纲目·果二·银杏》："原生江南，叶似鸭掌，因名鸭脚。宋初始入贡，改呼银杏，因其形似小杏而核色白也，今名白果。"欧阳修《梅圣俞寄银杏》有云："鹅毛赠千里，所重以其人。鸭脚虽百个，得之诚可珍。"梅尧臣《依韵酬永叔示予银杏》有云："去年我何有，鸭脚赠远人。人将比鹅毛，贵多不贵珍。"

七

欧阳修《礼部贡院阅进士就试》颔联云："无哗战士衔枚勇，下笔春蚕食叶声。"一片春蚕食叶声当如"沙沙"雨声。科举考试用毛笔书写，声似春蚕食叶，亦奇。

八

南州，一般代指南方地区或南方州郡。如苏舜钦诗"苍黄出京府，憔悴谪南州”（《闻京尹范希文谪鄱阳……》），此南州指范仲淹被贬地饶州（今江西鄱阳）。钱载诗“京口为北府，姑孰为南州”（《观音阁》），此南州指姑孰。汪学金诗“偶借南州一榻眠，春帆初卸落霞边”（《晚至芜湖，与宋悦研观察话旧》），此南州指芜湖。

九

“先生”一词作为文人学士的通称，可称他人，也可自称。杨万里有句云：“先生平生笑儿痴，逢场亦复作儿嬉。”日本松本慎《初夏偶成》：“苇帘初卷困人天，燕语呢喃起午眠。休说先生生计拙，新荷叶叶已成钱。”安徽刘梦芙《壬寅岁暮回乡绝句》四首其一：“华发飘萧旦夕催，先生游倦赋归来。红炉夜向蓬蓬火，暖散心中百丈霾。”以上诗中“先生”均自指。

一〇

短，与“长”相对，引申为短缺、稀少。杜甫“白头搔更短”（《春望》）、张孝祥“短发萧骚襟袖冷”（《念奴娇·过洞庭》）均用“短”字引申义。

一一

“家兄”“舍弟”，古人诗文中常见。“家弟”“舍兄”亦用之，如陈与义有诗《次韵家弟所赋》，明金正国有诗《芒洞村舍忆舍兄》。今人罕用“家弟”“舍兄”。

一二

春、秋二字，可作名词用，也可作形容词用。试看古人五律之句："听猿明月夜，看柳故年春。"（刘长卿《送李侍御贬郴州》）"海暗三山雨，花明五岭春。"（岑参《送杨瑗尉南海》）"春"字作名词。"水花松下静，坛草雪中春。"（李益《寻纪道士偶会诸叟》）"秋风楚竹冷，夜雪巩梅春。"（杜甫《送孟十二仓曹赴东京选》）"春"字作形容词。"泉眼潜通海，松门预带秋。"（刘禹锡《题报恩寺》）"路看新柳夕，家对旧山秋。"（刘长卿《送李补阙之上都》）"秋"字作名词。"古碑荒藓合，高柳暮鸦秋。"（宋琬《冯唐墓》）"渭水千年浊，秦山万里秋。"（季振宜《潼关有感》）"秋"字作形容词。

一三

"山姿浓大泽，潮势汩三韩。"（王士禄《忆莱杂诗》）"浓"字、"汩"字新奇。

一四

"麝熏微度绣芙蓉"（李商隐《无题》），诗中用"度"字佳者；"鬓云欲度香腮雪"（温庭筠《菩萨蛮》），词中用"度"字佳者。

一五

古人诗中常见"吟边"一词，其意为"吟咏中"或"诗词的意境里"。如："只今剩作惊人句，颇觉吟边意未平。"（陈师道

《次韵黄生》）“野店溪桥供晚饷，吟边醉里弄春风。”（陆游《夜行玉笥樵风之间宿龙瑞》）“杜老吟边树，山公醉处池。”（杨万里《和济翁见寄之韵二首》）

一六

李白《长干行》前六句：“妾发初覆额，折花门前剧。郎骑竹马来，绕床弄青梅。同居长干里，两小无嫌猜。”“剧”，一般注释为“嬉戏”“游戏”之类，稍嫌笼统。余疑为“演戏”，演什么戏？演“过家家”的游戏。“妾”“折花”扮新娘，坐于“床”上，“郎骑竹马来”娶新娘。此亦为后文作铺垫，“十四为君妇”，便真的结婚了。

一七

杜甫诗常用凡俗语，如“老夫清晨梳白头”（《题李尊师松树障子歌》），但质而不俚；接下去云“玄都道士来相访”，便觉雅而有味。凡俗语入诗固是不易，当避油滑。

一八

杜诗善用“入”字，如“决眦入归鸟”“平野入青徐”“风入四蹄轻”“随风潜入夜”“醒酒微风入”“返照入江翻石壁”“芙蓉小苑入边愁”，皆新颖别致。

一九

杜甫《画鹰》：“素练风霜起，苍鹰画作殊。㩳身思狡兔，侧目似愁胡。绦镟光堪摘，轩楹势可呼。何当击凡鸟，毛血洒平芜！”绦镟，指系鹰的丝绳和转轴。轩楹，指堂前的廊柱。光堪摘，指光亮似乎伸手可以摘取。势可呼，指神态似可呼之欲出。绦镟、轩楹均为借代，代指鹰，似无人看出这一修辞技巧。

二〇

杜甫诗句“红入桃花嫩，青归柳叶新”（《奉酬李都督表丈早春作》），为了突出色彩，将颜色词前置，“入”“归”二字又用了陌生化手法，自然高妙。

二一

赵璧还《戒香烟口占》：“漫道香烟韵味奇，偶然兴奋解人疲。质含尼古丁堪虑，养缺维生素可知。积习从来容易染，常情未必不能移。即今戒绝何消遣？浊酒清茶一卷诗。”颔联用新名词“尼古丁”“维生素”颇自然。

二二

章太炎说：“自杜诗开今，流于典故的堆叠，自然的气度也逐渐遗失，为功为罪，未可定论！……在杜以前诸诗家，除颜延之而外，没有一个以多用书为贵的，自杜以后，才非用典故不能夸示于人。”（《国学概论》）用典不妨，不能堆砌。诗中堆砌典故，好用偏僻字眼，是不健康的，正如一个病人身上总有一股药味。

二三

诗中用借喻，为了避免读者当作写实看待，可两两对举。如："人行明镜中，鸟度屏风里。"（李白《清溪行》）"明镜"借喻清溪，"屏风"借喻山峰。"缫成白雪桑重绿，割尽黄云稻正青。"（王安石《木末》）"白雪"借喻蚕丝，"黄云"借喻麦子。"虎豹嶙峋藏积雪，虬龙苍翠乱飞霞。"（张鹤《奉和刘子元双溪八景·琵琶积雪》）"虎豹"借喻山岩，"虬龙"借喻松树。

二四

陶渊明诗句"此中有真意，欲辨已忘言"，张孝祥词句"悠然心会，妙处难与君说"。或者"言不尽意"，或者"得意忘言"，妙在诗词都已做了铺垫，而不把话说尽。因此，所引二者的句子说了也没说，没说也说了。

二五

张孝祥《木兰花慢》（送归云去雁）有云："凝情望行处路，但疏烟远树织离忧。只有楼前溪水，伴人清泪长流。"该词写与情侣李氏生离之悲愁。"疏烟远树"本与人无关，但说"织离忧"；"楼前溪水"本无情，但说"伴人清泪长流"，物皆著我之色彩，是"化无关为有关"，诗人、词家惯用手段。

二六

刘长卿"荷笠带夕阳，青山独归远"（《送灵澈上人》），石延年“意中流水远，愁外旧山青”（《筹笔驿》）。二诗“远”字俱有远韵，然后者不如前者。

二七

以“小”字为韵脚的诗句中，杜甫的“会当凌绝顶，一览众山小”与李贺的“携盘独出月荒凉，渭城已远波声小”最有意境。

二八

常建《吊王将军墓》：“嫖姚北伐时，深入强千里。战余落日黄，军败鼓声死。尝闻汉飞将，可夺单于垒。今与山鬼邻，残兵哭辽水。”殷璠评曰：“一篇尽善……属思既苦，词亦警绝。”不言人亡，而说“鼓声死”；不说哭人，而说“哭辽水”，皆是“思苦”“警绝”之处。

二九

李商隐《暮秋独游曲江》：“荷叶生时春恨生，荷叶枯时秋恨成。深知身在情长在，怅望江头江水声。”“江头江水声”，不说“听”而说“望”，却能传达出怅惘迷离情态，无理而妙。王士禛《题聊斋志异》：“姑妄言之姑听之，豆棚瓜架雨如丝。料因厌作人间语，爱听秋坟鬼唱时。”刘永翔《蓬远楼诗话》云末句“亦似动宾不当”，实则得其神理。清初才女吴绛雪《题晴湖春泛图》：“画桡缥缈欲凌空，两岸桃花映水红。三十里湖晴一色，春来都在晓莺中。”“晓莺中”即“晓莺声中”，似亦通。

三〇

诗用通感能给人以新鲜感、奇异感，如同诗人的发现，有别人想不到的好。如王涯诗句“月度天河光转湿”（《愁思》），月光是湿的。李贺诗句“银浦流云学水声”（《天上谣》），流云有声。阮大铖诗句“日暮潮声如雪涌”（《荻港杨守戎子仪移酌舟中》），潮声如白雪。黄宾虹诗句“石咽江流月有声”（《乌尤寺暮还嘉州城中》），月影有声。佛教有“六根互用”的说法，六根即眼、耳、鼻、舌、身、意。六根清净者，任何一根均可产生他根的功能，迭相为用，如耳能视，目能听。钱锺书《通感》一文论之甚详。

三一

周振甫先生《诗词例话》之《通感》一则云：“像林逋的《梅花》诗：‘小园烟景正凄迷，阵阵寒香压麝脐。’‘香’是嗅觉，‘压’是触觉，是嗅觉通于触觉，用的也是通感手法。”按：周说有误。此处“压”是胜过、超过的意思，意为寒梅的香气超过麝脐的香气，不是通感手法。

三二

杨万里诗中有通感，如“剪剪轻风未是轻，犹吹花片作红声”（《又和二绝句》）之“红声”，“溪霞晚红湿，松日暮黄轻”（《秋日晚望》）之“红湿”“黄轻”均是。

三三

唐寅《题齐云山石室壁》诗："齐云山与壁云齐，四顾青山座座低。隔断往来南北雁，只容日月过东西。"夸张传神。

三四

辽宁高咏志，笔名横道子，善绝句，《伏尔加河上的纤夫》云："伏尔加河背上流，浮生磨难几曾休。弓身用尽洪荒力，欲拉下游回上游。"结句夸张出彩，出人意料。

三五

清沈自南《春暮钱牧斋宗伯过访》："登仙曾羡李膺舟，何幸兰桡复此留。下士昔传东阁盛，著书终许石渠收。花飞江上泥衔燕，柳绾亭边浪狎鸥。拟得《三都》待题品，当年玄晏最风流。""泥衔燕""浪狎鸥"倒装有趣。

三六

清赵潜《呈梅村先生》："娄水龙门未易亲，休官无过隐之贫。苍梧往事馀双泪，白首名山只一人。鸥鸟欲分高士席，梅花能伴苦吟身。投闲自是千秋计，落日寒江理钓缗。"鸥鸟一联反客为主，物与人亲，是换一个角度写，新颖灵巧。

三七

1949 年 4 月 24 日，宛敏灏作《虞美人》词："东风几夜无消息，天堑分南北。向来铁锁枉沉江，此日千帆竞发越茫茫。　轻车便向于湖去，且与妻孥聚。晓闻爆竹满城喧，喜又高歌同迓艳阳天。”（小序：1949 年 4 月 23 及 24 日，先后在南京、芜湖两市迎接解放。）余疑词中“向来铁锁枉沉江”之“沉”字未稳，或可易“横”字。特向邓小军先生咨询。邓先生解释云：“向来铁锁枉沉江”，用歇前式修辞法，用铁锁横江、铁锁沉江之典之后半个典铁锁沉江（《晋书·王濬传》“遇锁，然炬烧之，须臾，融液断绝，于是船无所碍”。刘禹锡《西塞山怀古》“千寻铁锁沉江底”），歇铁锁横江、铁锁沉江之典之前半个典铁锁横江（《晋书·王濬传》“吴人于江险碛要害之处，并以铁锁横截之”），字面言向来铁锁沉江都是枉自、多余——暗指如今连铁锁横江都谈不上、都没有了。

三八

汪曾祺说“写小说就是写语言”。仿此，可以说“写诗就是写词语”。何以云？没有足够的词汇量，便无法推敲格律，诗不雅驯，甚至茶壶里煮饺子倒不出。词汇量从哪里来？从阅读积累中来，特别要多读古籍。

三九

钱仲联诗善炼字造句，有时新警异常。如《梦归》：“细雨孤帆入渺茫，压船山翠正州塘。更声大是无情物，打碎离人梦满床。”《姑苏道中》：“天涯何处足勾留，马背车厢舴艋舟。病马独知人意倦，缓驮残梦过苏州。”以上两诗的结句写梦新奇。“春山女儿臂，清切抱人来”（《游曾氏虚霩园》）之“春山”句，“初阳煮花气，新绿养山光”（《晓坐》）之“煮”字、“养”字，“钟声圆水面，空翠孕湖心”（《湖心亭》）之“圆”字、“孕”字，“钟声安鸟梦，日气逗松阴”（《葛岭道中光景幽绝》）之“安”字、“逗”字，“窗纸晨红骄日气，湖光夜碧借山云”（《秋来》）之“骄”字、“借”字，“秋角捩云孤魄碎，惊风杀叶寸旌悬”（《连日避空袭有作》）之“捩”字、“杀”字，无不精妙。

四〇

黄稚荃，民国时期即有诗名，《丁丑秋避寇还蜀杂诗十四首》为老辈赵尧生所赏。20世纪50年代后期作《书李义山诗后十首》，则见学问功夫。早年作《旧蓄鹦鹉脱链飞失怅然赋此二首》其一曰："西域生灵鸟，咬咬有丽容。莲花诵秋月，杨柳话春风。红豆犹余粒，绿衣竟杳踪。尖寒消受日，惆怅旧帘栊。"可见才气。咏物当避免句句正面刻画，此诗颔联善于烘托，不即不离，得鹦鹉之神。

四一

新词入诗，不隔为佳。杨逸明先生诗句“小楼停泊烟云里，零距离听春雨声”之“零距离”，“梦好难追罗曼蒂，情深可上吉尼斯”之“吉尼斯”便不隔。

四二

黄庭坚云“自作语最难”，而优秀诗人必有自作语。如滕伟明诗词之句：“世间数你心肠狠”（《梧桐影·料峭》）、“何来俗物楚襄王”（《巫山神女》）、“恰似前生埋汉简，此生自发马王堆”（《盛清钞还旧作揽之恍如隔世》）、“可怜我已垂垂老，阿母一如襁褓看”（《阿母》）、“至今无一字，何等大文章”（《拟构神曲未果》）、“手把墓门且逍遥，鬼卒相顾啧未止”（《五十戏作》）、“太后全无理，群臣只有喳”（《颐和园书感》）、“莽原浑厚骄难匹，如对文章太史公”（《康巴草原》）等等，多为警句。

四三

“一个孤僧独自归，关门闭户掩柴扉”，词意重复啰唆，传为笑谈。“蝉噪林逾静，鸟鸣山更幽”，句意合掌，却是名句。后者以动衬静，意境突出，反而掩盖了不足。《入若耶溪》为南朝梁代诗歌，还没有后来近体诗的精致讲究，近体诗一般都能避免句意合掌。

四四

一句诗言及两件物事，有并列关系，有主客关系。后者如“石矶西畔问渔船”，“渔船”是主，“石矶”是客。“朦胧树色隐朝阳”，“朝阳（宫）”是主，“树色”是客。“竹外桃花三两枝”，“桃花”是主，“竹”是客。“也傍桑阴学种瓜”，“种瓜”是主，“傍桑阴”是客。有主无客，形影相吊，内容单薄。可见，客的烘托、陪衬作用自不可少。

四五

诗人芒克说，阿城是一位语言功夫真正到家的人。信然，阿城的小说语言质朴简练，巧妙幽默，用字像写诗一样讲究，如："车站是乱得不能再乱，成千上万的人都在说话。""王一生大约从来没有见过这么精彩的棋具，很小心地摸，又紧一紧手脸。""我心里忽然有一种很古的东西涌上来，喉咙紧紧地往上走。"(《棋王》)又如："于是走出一个矮汉子，把笑容硬在脸上，慌慌地和我们握手。""小鹿跑到山顶尽头，倏地停住，将头回转来，一只耳朵微微摆一摆。身子如印在那里，一动不动。"(《树王》)其中的"说话""紧一紧""走""硬""印"等字都是常见的字，用在文中新颖、准确而灵巧。我相信这些字都是他信手拈来的，并不像诗人那样苦吟得来。

四六

余作《冬柳》绝句云："黄叶半凋零，风中舞未停。萧萧仍有态，不见客垂青。""风中"初作"风来"，安徽岳西王业记先生建议改"风中"，不是诗家焉得体会如此微妙差别？王业记诗甚佳，著有《听雨庐诗词》等。

四七

元稹《行宫》诗："寥落古行宫，宫花寂寞红。白头宫女在，闲坐说玄宗。”此乃《连昌宫词》之缩写，昔盛今衰之感从侧面道出，意味隽永。诗仅二十字，“宫”字三出，不觉其繁，何以然？“行宫”“宫花”“宫女”系三个对象，于变化之中又有呼应唱叹之效果，若为同一对象，则堆砌无疑矣。

四八

近体诗宜尽量避免重字，避免文字的浪费。但又不可胶柱鼓瑟，出于修辞等目的，重字有重字的妙处。如李商隐《暮秋独游曲江》：“荷叶生时春恨生，荷叶枯时秋恨成。深知身在情长在，怅望江头江水声。”此是伤悼情人的小诗，二十八字中重字占了一半，春秋对比，情感缠绵往复，不但没有重复之感，反而增加了唱叹之美。

四九

唐诗人钱起（一作钱珝）《江行无题一百首》（其六十九）：“咫尺愁风雨，匡庐不可登。只疑云雾窟，犹有六朝僧。”“六朝僧”云云，唐朝离六朝未远，可做如此悬想。今有人作《山中》诗云：“仄径拨云入，茶烟袅碧崚。忽闻疏磬响，疑隐六朝僧。”六朝距今千四百余年，犹作如此悬想，便隔。

五〇

反讽作为一种修辞格，在古今中外的文学作品中被广泛运用。《诗经·魏风·伐檀》诗句“彼君子兮，不素餐兮”，以褒扬语气表示谴责之意，即是反讽。宋代李唐《题画》诗："云里烟村雨里滩，看之如易作之难。早知不入时人眼，多买胭脂画牡丹。"后两句也是反讽。

五一

《诗经》善用比喻。写忧愁如"心之忧矣，如匪浣衣"（《邶风·柏舟》），心中忧愁就像没有洗过的衣服。"忧心如酲"（《小雅·节南山》），心里愁得像醉了酒一般。"未见君子，惄如调饥"（《周南·汝坟》），惄，忧也；调饥，朝饥。没有见到君子，忧愁如同早晨饿着肚子。"我心忧伤，惄焉如捣"（《小雅·小弁》），我心忧伤，如有物之捣心。此皆就近取譬，比喻生活化，质朴动人。

五二

韩偓《醉著》："万里清江万里天，一村桑柘（一作花柳）一村烟。渔翁醉著无人唤，过午醒来雪满船。"末句的"雪"不是指雪花，因为下雪前是看不清"万里天"的，雪花与前两句的情景不谐。此处的"雪"当是柳絮的借喻。因此，第二句的"桑柘"不如"花柳"，可为末句做铺垫。

五三

钱锺书论李长吉诗中比喻的曲折，有云："长吉乃往往以一端相似，推而及之于初不相似之他端……如《天上谣》云：'银浦流云学水声。’云可比水，皆流动故，此外无似处；而一入长吉笔下，则云如水流，亦如水之流而有声矣。”（《谈艺录》）是即顺着比喻往下想。杨逸明先生有词句：“岁月长河小岛多，往事波间耸。”岁月如长河，是现成的比喻；往事如河中小岛耸立波间，则是顺着长河的比喻往下想，故妙。

五四

郑谷《十日菊》诗：“节去蜂愁蝶不知，晓庭还绕折残枝。自缘今日人心别，未必秋香一夜衰。”“十日”，九月十日是也。“节”，指重阳节。重阳节与蜂蝶无涉，言蝶“不知”则可，言蜂“愁”则不当，故非指蜂愁节去。试将前两句合起来读，便知蜂蝶不知节去，但愁菊枝折残耳。“蜂愁蝶不知”乃互文见义。

五五

毛泽东《采桑子·重阳》：“人生易老天难老，岁岁重阳。今又重阳。战地黄花分外香。　一年一度秋风劲，不似春光。胜似春光。寥廓江天万里霜。”“人生易老天难老”，反用李贺“天若有情天亦老”（《金铜仙人辞汉歌》）之意。“战地黄花分外香”用岑参“遥怜故园菊，应傍战场开”（《行军九日思长安故园》）之形象，但充满乐观之情。“不似春光。胜似春光”化用刘禹锡“我言秋日胜春朝”（《秋词二首》）诗意。三处用典，一反用，二正用，皆妥帖自然，不见雕琢痕迹。

五六

“华灯一城梦，明月百年心。”（宗白华《我和诗》）是宗白华朋友的两句诗，全诗缺，但这两句甚佳，大可玩味。以对仗、对比的句子，写出了短暂与永恒、热闹与清冷之感慨。在修辞手法上还运用了隐喻，即“华灯（是）一城梦，明月（是）百年心”，以抽象、模糊的“梦”与“心”喻指具体、清晰的“华灯”与“明月”。又，这两句诗只是名词性词组的排列，省略了关系词，还可以倒过来理解，即“一城梦（是）华灯，百年心（是）明月”，是为互喻。这两种理解可以并存，体现出汉语组词造句的灵活性和诗意的模糊多义。

五七

现代小说有用诗典者，也有直接将古人诗句拿来组装在散文句子里的，如“琴子心里纳罕茶铺门口一棵大柳树，树下池塘生春草”，“我们下了船上那坟地里玩，那时正是黄昏时候，真是独留青冢向黄昏……”（废名《桥》）“池塘生春草”“独留青冢向黄昏”都是古人的诗句。有化用古人诗句在散文句子里，如：“白河下游到辰州与沅水汇流后，便略显浑浊，有出山泉水的意思。”“雨落个不止，溪面一片烟。”（沈从文《边城》）前者用杜甫诗句“在山泉水清，出山泉水浊”（《佳人》）之意，后者与张泌诗句“绿杨花扑一溪烟”（《洞庭阻风》）相仿佛。

五八

艳情诗偶涉男女性事者，当戒淫亵，写法可从李渔《闲情偶寄》所言，“说半句，留半句，或说一句，留一句”，或者“借他事喻之，言虽在此，意实在彼”。元稹《会真诗三十韵》自“戏调初微拒，柔情已暗通”至“留连时有限，缱绻意难终”是用如此写法，合乎人性且有文学上的美感。

五九

海子说：“诗歌是一场烈火，而不是修辞练习。”（《我热爱的诗人——荷尔德林》）然而当代诗坛玩修辞练习者屡见不鲜。如：“体态纤纤蓓蕾中，邻家有女正春风。天根蕴就玲珑玉，就像唐诗一样工。”“东南朝向半山腰，万树桃花入眼遥。好在身旁花亦放，蜜蜂肯与我闲聊。”“山深春浅野花迟，杖瘦过溪力不支。忽听崖头云雀语，捉来姑且入吾诗。”

六〇

词中的排比句，其一是有领字的排比句，双调小令《行香子》上下片的后三句例作排比。如苏轼《行香子·过七里滩》：“一叶舟轻，双桨鸿惊。水天清、影湛波平。鱼翻藻鉴，鹭点烟汀。过沙溪急，霜溪冷，月溪明。　重重似画，曲曲如屏。算当年、虚老严陵。君臣一梦，今古空名。但远山长，云山乱，晓山青。”上片歇拍“过”字领起排比句，下片结尾“但”字领起排比句。长调中，《八声甘州》《忆旧游》等词有时也出现有领字的排比句。如周邦彦《忆旧游》开始三句:“记愁横浅黛，泪洗红铅，门掩秋宵”，“记”字领起的三个四字句是排比。其二是没有领字的排比句,《忆少年》的开头、《喝火令》的结尾，一般属于这种情况。如曹组《忆少年》:“年时酒伴，年时去处，年时春色。清明又近也，却天涯为客。　念过眼光阴难再得，想前欢、尽成陈迹。登临恨无语，把阑干暗拍。”首三句为排比句。长调中,《水调歌头》下片换头三个三字句有时也写作排比句。如辛弃疾《水调歌头·盟鸥》中的“破青萍，排翠藻，立苍苔”,《水调歌头·寿赵漕介庵》中的“唤双成，歌弄玉，舞绿华”,《水调歌头·和赵景明知县韵》中的“五车书，千石饮，百篇才”等等。词中排比句的作用大致有两点：一、增强词的音乐性；二、排比句的铺陈或递进，一气呵成，有增强感情和气势的作用。

六一

某君作《初夏即景》诗云:“绿叶丛中榴火红，藕花出水赛芙蓉。龙舟竞渡欢声动，家宴传杯饮一盅。”诗一般，“藕花出水赛芙蓉”却值得一议。藕花、芙蓉皆荷花别名，“荷花出水赛荷花”自然不通。如果理解为荷花出水相互竞赛，则“藕花出水赛芙蓉”别有情趣。

六二

不请自来的词语约有两种，一种是陈言套语，一种是灵感语。陈言套语务去之，灵感语及时捕捉，乃善。

六三

日本僧人遍照金刚《文镜秘府论·论文意》云:“凡文章不得不对，上句若安重字、双声、叠韵，下句亦然。若上句偏安，下句不安，即名为支离；若上句用事，下句不用事，名为缺偶。”律诗中二联对仗正当注意。

六四

律诗中有扇面对。日本龟田兴《临江台》诗:“长江天际尽，千里使风还。今夜安樯浦，西东何处湾？明朝摇楫处，左右几重山？相送高台上，空临波浪间。”中间两联互对，为扇面对。

六五

“谁知咏絮庭前句，犹是扶风帐里人。”语感不如“可怜无定河边骨，犹是春闺梦里人。”

六六

清乾嘉年间，合肥史台懋号半楼，有《浮槎山馆诗集》。史作诗喜用“梦”字，句亦佳。如:“夜深花有梦，院静月无声。”(《春夜独坐》)“径草和烟绿，檐花入梦飞。”(《闲中书事》)“青山藏客梦，红树隐僧房。”(《宿浮槎山甘露禅院彻夜不寐得四十字》)“淅淅风吹梦，微微月在林。”(《宿空宅》)“莺啼孤枕梦，花落一春心。”(《送春》)“篝灯山入梦，夜雨屋连云。”(《题所居浮槎山馆壁》)“积阴如梦暗春城，醉拥衾裯睡不成。”(《春

阴》)“帘影满身随梦转，炉烟一缕趁风欹。”(《赠洪证上人》)“天风吹梦逐飘蓬，欻堕飞狐绝塞中。”(《秋夜成梦中句》)

六七

“疮逢春日随花发”(《深宵》)，史半楼诗句也。“疮”本不堪言，拉“花”来做陪衬，便化俗为雅。又，《示内》诗云:“短褐无棉半臂单，西风故作十分寒。囊中卖赋金虽少，拟买秋花共尔看。”虽贫困而不失雅致，难得难得!

六八

清徐兰《大松山》诗起云:“一峰飞入云，云故推之出。一峰飞出云，云故攫之入。”把峰和云写活了。此四句见《清诗别裁集》，惜未睹诗之全貌。

六九

钟振振先生《酉卯斋诗词话(六)》云:“诗词欲于众多图象影像艺术形式外保持其独立存在之价值，必不可固步自封于能道‘明月松间照，清泉石上流’之类凡图象影像艺术皆能直观表现者，而须意匠经营，令画家画不出，摄影师摄不出，庶几有胜算焉。”钟先生举例说，“云破月来花弄影”之“弄”字，“红杏枝头春意闹”之“闹”字，“红日无言西下”之“无言”二字，“波底夕阳红湿”之“湿”字，画家画不出，摄影师摄不出。钟先生所言甚是。钟先生所举都是画面感很强的写景的诗例，有的字面是画不出、摄不出的。除此之外，还有叙事性、议论性质的诗，也是画不出、摄不出的。叙事如“松下问童子，言师采药去，只在此山中，云深不知处”里的问答，“打起黄莺儿，莫教枝上啼。啼时惊妾梦，不得到辽西”里的心理逻辑，画不出、摄不出。议论如“不识庐山真面目，只缘身在此山中”“天籁自鸣天趣足，好诗不过近人情”，这里的议论，画不出，摄不出。

七〇

叶嘉莹先生 1943 年春作《浣溪沙》词云：“岁岁东风塞北沙。离人真个不思家。任教新绿上窗纱。　破屋檐低微见月，空阶树老不能花。敢言花月作生涯。”“微”，作“不，没有”解。因不见月、不能花，才有结句“敢言花月作生涯”，“敢”，岂敢的意思。

卷四　写作与推敲

一

歌德说："如果作者每天都抓住现实生活，经常以新鲜的心情来处理眼前事物，他就总可以写出一点好作品，即使偶尔不成功，也不会有多大损失。"（《歌德谈话录》）何谓"以新鲜的心情来处理眼前事物"？一是发现熟悉事物中陌生的东西，一是用陌生的眼光来看待熟悉的事物，后者尤难。

二

歌德说："不要说现实生活没有诗意，诗人的本领，正在于他有足够的智慧，能从惯见的平凡事物中见出引人入胜的一个侧面。"（《歌德谈话录》）如何做到这一点呢？首先要忠于自己的体验，避免人云亦云。如果体验与他人相同，则在表达方式上力求有自己的特色。

三

写作时可以先定大框架，或一个模糊的轮廓，再充实情景、细节。在具体的写作过程中，灵感有时也会不期而遇，让人感到意外的惊喜。正如歌德所说：“多半要碰运气，几乎要全靠下笔时一瞬间的心情和精力。”（《歌德谈话录》）

四

欲提高诗词写作水平，一要多读古人诗词，转益多师；二要多写多改，总结经验，舍此别无他法。只读不写，于古人诗词难以会心；只写不读，难免误入歧途。读写结合，于写作、鉴赏都大有益处。

五

日本江户时代的广濑淡窗善汉诗，有诗句云：“诗过再思却伤真。”（《到东庄》）又云：“诗到三思妙境存。”（《寄怀儿有台》）此一时也，彼一时也，可以并行不悖。

六

马一浮云：“作诗须含蓄，忌刻露，意在可见不可见之间者为佳。”戴望舒与杜衡等人论诗，认为“诗是一种吞吞吐吐的东西”，写诗的“动机是在于表现自己与隐藏自己之间”。一谈旧诗，一谈新诗，都强调诗的含蓄。

七

林逋“疏影横斜水清浅，暗香浮动月黄昏”一联，咏梅形神具备，为人激赏。江为原句“竹影横斜水清浅，桂香浮动月黄昏”，本是佳句，但既写竹，又写桂，分散笔力，故不如林诗。又，黄山谷、查慎行均以为林逋“雪后园林才半树，水边篱落忽横枝”胜过“疏影”一联，诚不可解。

八

清初黄生撰《唐诗摘抄》，选唐代160多位诗人500多首律绝加以点评，谈字法、句法、章法极精到，是学习唐诗的范本。何庆善先生点校《唐诗评三种》（黄山书社1995年版）收入该著，认为其重点不在“抄”而在评，“故正其名”，改《唐诗摘抄》为《唐诗评》，用心虽好，但有违作者本意，复乱书名，区区以为不可取。

九

何谓描写传神？“蝉噪林逾静，鸟鸣山更幽”（王籍《入若耶溪》）是也，“大漠孤烟直，长河落日圆”（王维《使至塞上》）是也，“过江千尺浪，入竹万竿斜”（李峤《风》）是也，“林高风有态，苔滑水无声”（元好问《山居杂诗六首（其一）》）是也，“几点昏鸦浓似墨，一痕初月淡于星”（张问陶《初三日薄暮即目》）是也，“夕阳低欲尽，树影大于山”（广濑淡窗《即景》）是也，“鹰翔低见影，石坠久无声”（张应中《黄山绝壁》）是也。

一〇

何谓发人深省？“垂绥饮清露，流响出疏桐。居高声自远，非是藉秋风”（虞世南《蝉》）是也，“白日依山尽，黄河入海流。欲穷千里目，更上一层楼”（朱斌（一说王之涣）《登鹳雀楼》）是也，“横看成岭侧成峰，远近高低各不同。不识庐山真面目，只缘身在此山中”（苏轼《题西林壁》）是也，“凌霄花善媚，遇物自绸缪。长松曾失策，欲脱竟无由”（广濑淡窗《凌霄花》）是也，“雪水下高原，滔滔东入海。中江折北流，大势终不改”（张应中《芜湖观长江》）是也。

一一

何谓含蓄蕴藉？“近乡情更怯，不敢问来人”（宋之问《渡汉江》）是也，“不省出门行，沙场知近远”（王涯《闺人赠远五首（其四）》）是也，“蜡烛有心还惜别，替人垂泪到天明”（杜牧《赠别二首（其二）》）是也，“八骏日行三万里，穆王何事不重来”（李商隐《瑶池》）是也，“何事吟余忽惆怅，村桥原树似吾乡”（王禹偁《村行》）是也。

一二

何谓构思精巧？“客心争日月，来往预期程。秋风不相待，先到洛阳城”（张说《蜀道后期》）是也，“自君之出矣，不复理残机。思君如满月，夜夜减清辉”（张九龄《自君之出矣》）是也，“君问归期未有期，巴山夜雨涨秋池。何当共剪西窗烛，却话巴山夜雨时”（李商隐《夜雨寄北》）是也，“雪域神奇多少山，无名无字耸云端。随移一座中原去，五岳都须仰首看”（杨逸明《题喜马拉雅山脉》）是也，“四时花气酿西湖，细雨噙香淡若无。一似春宵少女梦，最温馨处总模糊”（钟振振《西湖》）是也。

一三

何谓有意境？“此地别燕丹，壮士发冲冠。昔时人已没，今日水犹寒”（骆宾王《于易水送人》）是也，“木末芙蓉花，山中发红萼。涧户寂无人，纷纷开且落”（王维《辛夷坞》）是也，“玉阶生白露，夜久侵罗袜。却下水晶帘，玲珑望秋月”（李白《玉阶怨》）是也，“数家篱落水西东，芦荻花飘雨后风。日暮钓鱼人已去，长竿插在石矶中”（广濑淡窗《江村》）是也。

一四

杜甫《春日忆李白》：“白也诗无敌，飘然思不群。清新庾开府，俊逸鲍参军。渭北春天树，江东日暮云。何时一尊酒，重与细论文。”颈联两句没有动词，只有名词和方位词，只写两地景，实含两地思念之情，可谓融情入景，借景抒情。“春天树”“日暮云”实为互文，老杜为何不作“日暮江东树，春天渭北云”呢？试比较之。日暮之树没有日暮之云绮丽，春天之云没有春天之树有生机，“春天树”“日暮云”之有美感在此，由此可知老杜作诗毫发无遗恨。

一五

杜甫诗句“白日放歌须纵酒，青春作伴好还乡”，“白日”一作“白首”。按：“白首放歌须纵酒”语感不如“白日放歌须纵酒”，“白首放歌犹纵酒”差可。

一六

储光羲《题陆山人楼》：“暮声杂初雁，夜色涵早秋。独见海中月，照君池上楼。山云拂高栋，天汉入云流。不惜朝光满，其如千里游。”清赵执信《谈龙录》云：“‘山云拂高栋，天汉入云流’，下句‘云’字定误。”赵说不可信。上句实写，下句想象，姑言楼高。且此诗为古体，非律体，重“云”字不妨。

一七

孙革（一说贾岛）《访羊尊师》：“松下问童子，言师采药去。只在此山中，云深不知处。”句句藏问于答。金昌绪《春怨》：“打起黄莺儿，莫教枝上啼。啼时惊妾梦，不得到辽西。”句句含有一个为什么。两绝句皆有叙事性质，蝉联而下，各句内容不可颠倒。叙事非绝句所长，然偶有兴会，乃成妙趣。

一八

欧阳修《赠王介甫》：“翰林风月三千首，吏部文章二百年。老去自怜心尚在，后来谁与子争先？朱门歌舞争新态，绿绮尘埃试拂弦。常恨闻名不相识，相逢樽酒盍留连？”中二联重“争”

字，下“争”字可改。尾联重“相”字，不可改，由“不相识”到“相逢”，恰成比照。

一九

苏轼《念奴娇·赤壁怀古》下阕二三句断句问题，历来争议不断，是“小乔初嫁了，雄姿英发”，还是“小乔初嫁，了雄姿英发”？从词格来看，前五后四为变格，前四后五为正格。近期有人在网上发视频，认为从正格上能说得通，当从正格，并举苏轼“了不受寒热”等诗句为例，说明这种句式也很正规，并认为“了雄姿英发”之“了”是“完全”“特别”的意思。按：“了”似无“特别”之义；作“完全”解，则嫌拗口。

二〇

题画诗必由画里写到画外，方显画之妙，亦显诗之妙。杜甫《画鹰》：“素练风霜起，苍鹰画作殊。㧐身思狡兔，侧目似愁胡。绦镟光堪摘，轩楹势可呼。何当击凡鸟，毛血洒平芜！”尾联直将画中鹰当作真鹰来写，特传其神。景云《画松》：“画松一似真松树，且待寻思记得无。曾在天台山上见，石桥南畔第三株。”由画中松想到天台山上松，突出松之逼真。

二一

根据物候，暮春才有柳絮。周邦彦《垂丝钓》有句云：“倦倚绣帘，看舞风絮。愁几许。寄凤丝雁柱。春将暮。向层城苑路。”

是暮春时有风絮。周邦彦《瑞龙吟》有句云："探春尽是，伤离意绪。官柳低金缕。归骑晚，纤纤池塘飞雨。断肠院落，一帘风絮。"其中的"官柳低金缕"，显然是早春杨柳，此时哪里有"一帘风絮"呢？如果"风絮"不是柳絮，又是何物？

二二

清初毛奇龄《赠柳生》："扶病来看柳敬亭，秋花开满石榴屏。江南多少前朝事，说与人间不忍听。"沈归愚编入《清诗别裁集》，改前两句为"流落人间柳敬亭，消除豪气鬓星星"。原作将自己写进诗里，更见亲切。改后全写柳敬亭，失此亲切感，且重"人间"二字。

二三

1910年正月十六日，梁启超作《次韵奉酬南海先生六章》其二云："年年岁岁见恒河，童耄侵驰意若何。梦后天涯芳草谢，别来净土落花多。逝将去汝翔寥廓，何事干人有网罗。万法本来毛孔现，百年况是隙中过。"数日后，《双涛阁日记》云："前奉寄南海先生诗第二首，芳草谢之谢字，初用尽字，又欲用少字，总觉不安，枕上覆诵，乃改为谢字。眼前语竟苦索数日不得，可笑也，愈知学诗当用多改之功也。"

二四

龚鹏程先生在《张梦机诗文选编·前言》中说："他（指张

梦机）受吴万谷先生教法的影响也很大。吴先生主要是教他‘化无关为有关’，读古人诗要懂得偷势偷意。这就在琢句炼字之外，更重炼意之工夫了。”“化无关为有关”这话很好，概括了诗词写作的普遍现象，而不必局限于“偷势偷意”。诗人发挥想象力，将无关之物联系起来，即是“化无关为有关”。比如张梦机诗句：“墨气自娟梅树月，棋声远答藕花风。”通过“娟”字将“墨气”与“梅树月”联系起来，通过“答”字将“棋声”与“藕花风”联系起来，即是“化无关为有关”。

二五

作诗常先得句，再足成全篇。余曾作《人到中年》诗：“光阴浑似昨，双鬓已星星。懒唱新歌曲，偏忘旧姓名。思多眠渐少，事急气犹平。负轭牛耕地，无劳叱一声。”是先得颈联“思多眠渐少，事急气犹平”，再作反省，乃悟中年心态。于是借用谌容的小说名为题，瞻前顾后，补充相关内容，遂成一首。

二六

明胡应麟《诗薮》云：“对结者须意尽，如王之涣‘欲穷千里目，更上一层楼’，高达夫‘故乡今夜思千里，双鬓明朝又一年’，添著一语不得乃可。”此言绝句。清初黄生《唐诗摘抄》评岑参《奉送李太保兼御史大夫充渭北节度使》尾联“弟兄皆许国，天地荷成功”云：“对结以意尽为佳。”此言律诗。近体诗以对仗句结尾似未完篇，“意尽”当为意思完整之意，并非说含蓄、有言外之意不好。两处“意尽”是从祖咏作《终南望余雪》故实中来。

二七

诗是一个生命体，时时要瞻顾，处处有关联，首尾照应，血脉贯通。如郑燮《为侣松上人画荆棘兰花》:“不容荆棘不成兰，外道天魔冷眼看。门径有芳还有秽，始知佛法浩漫漫。”第一句紧扣诗题的“荆棘兰花”，第四句“佛法”照应诗题的“侣松上人”。第三句照应第一句，“芳”从“兰”字来，“秽”从“荆棘”来。第四句，“佛法”对应第二句的“外道天魔”，同时又收束全篇，体现一诗之主旨。

二八

律诗的一般章法是起承转合，其中又分两种：一是四联分别对应起承转合；一是一二七八句对应起承转合。孟浩然《过故人庄》:“故人具鸡黍，邀我至田家。绿树村边合，青山郭外斜。开轩面场圃，把酒话桑麻。待到重阳日，还来就菊花。”一二七八句对应起承转合，中二联围绕诗题铺叙、描写，缴足题意。绝句的一般章法也是起承转合，试将《过故人庄》一二七八句摘出能否成为一首绝句呢？“故人具鸡黍，邀我至田家。待到重阳日，还来就菊花。”显然不行，还没到田家就写再来，成什么话？可见，此诗中二联少不得。安徽刘彪先生《谒岳飞墓》:“老柏森森拱岳坟，西湖俎豆永飘馨。忠悬日月千秋颂，祸累河山半壁沦。百代冤奇三字狱，十年国误一帮人。心香不息风波恨，今古同悲有佞臣。”一二七八句对应起承转合，中二联交错写岳飞、秦桧，充实内容。试将一二七八句摘出来读：“老柏森森拱岳坟，西湖俎豆永飘馨。心香不息风波恨，今古同悲有佞臣。”除了韵脚稍宽以外，内容上倒是一首完整的绝句。

二九

绝句可以写得单纯，也可以写得复杂一点，所谓螺蛳壳里做道场。余曾作《连日看学生论文，用眼过度》一诗：“楼下樱开我正愁，隔窗观景泪双流。非因花好欢而泣，乏味文章看未休。”“用眼过度”“我正愁”“乏味文章看未休”是主线。“楼下樱开”“隔窗观景”“花好”是副线。只围绕一条线来写便觉味薄，以“泪双流”将两者结合起来，构成起承转合的关系，便觉有意思。

三〇

李商隐《夜雨寄北》：“君问归期未有期，巴山夜雨涨秋池。何当共剪西窗烛，却话巴山夜雨时。”第三句照应第一句，第四句上接第二句。余曾作《东航飞机失事》：“藤县春光似昔时，一声巨响九州悲。山花烂漫何心赏，机毁人亡两不知。”亦是此种结构法，第三句照应第一句，第四句上接第二句。

三一

元稹《刘阮妻二首》其一：“芙蓉脂肉绿云鬟，罨画楼台青黛山。千树桃花万年药，不知何事忆人间。”前三句分写仙女的美、环境的美、花草的美，三句并列，后一句陡转陡结。李白《越中览古》：“越王勾践破吴归，义士还家尽锦衣。宫女如花满春殿，只今唯有鹧鸪飞。”前三写过去，后一写当今，也是前三后一结构。

三二

苏曼殊 1909 年作《本事诗十首》，第九首云：“春雨楼头尺八箫，何时归看浙江潮。芒鞋破钵无人识，踏过樱花第几桥。”第二句情景没有承上第一句，颇感跳跃。叶嘉莹 1942 年作《晚归》：“婆娑世界何方往，回首归程满落花。更上溪桥人不识，北风寒透破袈裟。”则无此弊病。

三三

王仲至召试馆中，试罢作一绝题于壁云：“古木森森白玉堂，长年来此试文章。日斜奏罢长杨赋，闲拂尘埃看花墙。”荆公见之甚欢爱，为改为“奏赋长杨罢”，且云：“诗家语如此乃健。”（《苕溪渔隐丛话》）“日斜奏罢长杨赋”是正常语序，“日斜奏赋长杨罢”是倒装语序，“奏赋”后的“长杨”“罢”在做两次补充说明，拗峭有力。新诗中亦有此做法。戴望舒《到我这里来》最后两行：“而我是徒然地等待着你，每一个傍晚，/ 在菩提树下，沉思地，抽着烟。”其中，“而我是徒然地等待着你”是主句，后接四个小分句，补充交代时间、地点、情状，增加情感分量，深得倒装之妙。

三四

宋李公麟有绝句云："画出离筵已怆神，那堪真别渭城春。渭城柳色休相恼，西出阳关有故人。"结句改王维诗句"无"为"有"，翻出新意。"渭城"二字重，可改"青青柳色休相恼"。

三五

清崔华《浒墅舟中别相送诸子》："溶溶月色漾河湄，晓起频将玉笛吹。同上邮亭忘别绪，独行驿岸解相思。丹枫江冷人初去，黄叶声多酒不辞。此路三千今日始，蓟门回首雪霜时。"《清诗别裁集》选入此诗，沈归愚以为"丹枫""黄叶"合掌，遂改"丹枫"为"白蘋"。其实，丹枫、黄叶所指非一，不改可也。

三六

袁枚《随园诗话》卷四云："诗得一字之师，如红炉点雪，乐不可言。……余《咏落花》云：'无言独自下空山。'邱浩亭云：'空山是落叶，非落花也，应改"春"字。'……凡此类，余从谏如流，不待其词之毕也。"按：空山，当指幽深少人的山林，可指秋山，也可指春山；可咏落叶，也可咏落花。初唐杨师道《还山宅》诗有云："暮春还旧岭，徙倚玩年华。芳草无行径，空山正落花。"李白《春日独酌二首》诗有云："东风扇淑气，水木荣春晖。白日照绿草，落花散且飞。孤云还空山，众鸟各已归。"王维《鸟鸣涧》诗有云："人闲桂花落，夜静春山空。"皆咏"春山""落花"，皆有"空山"字义。

三七

2020年9月12日，中国现代文学馆举行第三届"中华诗词大赛有奖征集活动"颁奖典礼，谢丹的《张富清》一诗荣获一等奖，奖金十万元。诗云："铁马金戈梦里鸣，春风甲子绿边城。但悬肝胆云和月，何问英雄身与名。病骨岂能拘老骥，壮怀犹可掣长鲸。汤汤酉水经行处，笑看千山夕照明。"中华诗词有奖征集举办方的评价是："诗人通过对老英雄的深情讴歌，抒写了亿万人民激扬家国情怀、凝聚奋斗力量，为实现中国梦拼搏的昂扬斗志，这是英雄的赞歌，时代的强音，奉献精神的写照。"评价未及诗艺。诗颇好，但有瑕疵，"云和月"，"云"字喻"肝胆"不当，可用"日"字，格律虽拗，下句"身"字已救。

三八

黄山送客松下的标牌录一诗云："卓立峰颠观苍海，松下道上客徘徊。风摇枝动揖相送，还盼日后君再来。"诗意平平，且用词不稳，多处违律。试改如下："守望峰巅伴云海，绿荫遮处客徘徊。风摇枝动如相揖，日后还期君再来。"稍觉稳妥。

三九

某君作绝句《孔城老街》："镂花窗有旧风情，耳畔蛙鸣带古声。麻石铺成穿越路，可经此巷到明清。”写老街之古，笔墨集中，转结由实到虚，虚中有实，颇佳。有了第三句，第四句“可经此巷”似不必说明，或可云“不知不觉”。

四〇

杨启宇先生诗有思想，见风骨，然用韵颇宽。其《奇石杂咏》组诗之一《木石前盟》云：“月下花前笑语温，最怜反复是人情。羡他顽石枯藤恋，足证天荒地老心。”韵脚字分属三个韵部。余试改如下：“月下花前不负卿，最怜反复是人情。羡他顽石枯藤恋，足证天荒地老盟。”

四一

杨启宇先生《挽彭德怀元帅》颇得世人称赞，诗云：“铁马金戈百战余，苍凉晚节月同孤。冢上已深三宿草，人间始重万言书。”网上有人议及“三宿”，觉未稳。余与诗友斟酌再三，觉第三句似可改“冢上已生三尺草”。又，此诗系折腰体，无妨。

四二

“小楼听雨诗刊”第五届“人间要好诗”诗赛二等奖获得者黎宇清《暑月还家》诗：“湖海经年志未伸，萧条家计老双亲。归来深自藏辛苦，强作春风得意人。”诗写隐忍之情，颇能动人。唯诗中看不出“暑月”，扣题不紧，可改诗题为《还家》。

四三

赵仁珪先生《启功先生作诗》一文记启功改诗一例。启功《频年》一诗有云："饮余有兴徐添酒，读日无多慎买书。""慎"字最初拟作"快"字，又改作"不"字、"戒"字，最后才选中"慎"字。

四四

《余英时回忆录》载改诗故事。余英时二舅父张仲怡能诗，曾在钟馗画像上题了一首七绝："进士平生酒一瓯，衣衫褴褛百无求。夸人最是安心处，须发鬅（péng）松鬼见愁。"首句最后三个字初稿作"仕不优"，他以诗稿示一位诗友，那位诗友立即指出："仕不优"当改作"酒一瓯"。张仲怡大喜称谢，称他为"三字师"。

四五

安徽无为市天井山国家森林公园有一株1700多年的青檀树，标牌上录一诗云："巍然巨干欲撑天，阅世千秋又百年。此树不应度寂寞，要张春色惠人间。""度"字仄声，违律，可改"耽"字。

四六

一首诗有一处未稳，在该字、该句改不好的情况下，可尝试着先改动其他的字、句，这一处也许就好改了。写诗要灵活，改诗也要灵活。

四七

安徽王业记先生《癸卯处暑听蝉有感》:“邑有疏篱抱旧枝，蝉嘶朝暮到何时？难持把酒临风悦，只为趋炎附势悲。领略一凉桑梓景，苦吟三夏雨庐诗。短长兀自秋声渐，寥廓山川共系思。”首句“邑有疏篱（蝉）抱旧枝”主语不一致，余建议修改，经商讨，最终改为“隐迹疏篱抱旧枝”。

四八

安徽周正环先生作《安徽首届诗词大会致庆》诗初稿云:“吴山楚水焕新妆，八皖群英会一堂。老骥巅峰争跨越，雏鹰云汉竞翱翔。松生黄岳株株秀，诗到庐阳字字香。李杜苏辛同唤起，千秋浩气续华章。”颔联用喻，雏鹰可于云汉翱翔，老骥不可于巅峰跨越，第三句可改为“老骥征途追梦想”。

四九

明末王稚登《长安春雪曲五首》其二:“一半秦声半楚声，秦娥调瑟楚娥筝。凤凰城里家家雪，但是红楼冻不成。”诗有情味。首句为何不用“半是秦声半楚声”？大约因为结句用“是”字，避重字故。

五〇

日本诗僧雪村友梅《九日游翠微》诗云:“一径盘回上翠微，

千林红叶正纷飞。废宫秋草庭前菊，犹看寒花媚晚晖。”“寒花”与“菊”意重，结句如能兼顾“秋草”和“菊”乃佳。试改后两句为“废宫秋草庭前菊，犹自风中媚晚晖”。

五一

日本小栗光胤《鸭林秋夕》诗：“沙岸秋凉夕，林泉水墨图。松风疑急雨，草露碎明珠。浅濑萤开阖，残云月有无。游人得鱼否，柳外远相呼。”“萤开阖”为何不用“萤明暗”？因“月有无”意即“月明暗”，为了避免意思重复，改“萤明暗”为“萤开阖”，妙在似与不似之间。

五二

顾炎武七律《白下》颔联“清笳皓月秋依垒，野烧寒星夜出林”，为何不写成“清笳皓月依秋垒，野烧寒星出夜林”呢？前者“秋”“夜”二字笼罩全局，后者只修饰“垒”和“林”，是以前者宏阔，后者狭隘，前者胜于后者。当然，这也说明汉字位置安排的灵活性。

五三

史半楼《宿野寺》诗云：“路旁何代寺，投宿野烟凝。院静唯闻磬，房深不见僧。灵旗招夜月，古佛瞰寒灯。倦仆触屏睡，鸡鸣唤不应。”韵脚字“凝”“僧”“灯”在“十蒸”韵部，“应”字在句中读仄声，可换“醒”字，为“孤雁入群格”。

五四

动词做诗句的尾字，用自然语序表达则好。如唐诗："万里人南去，三春雁北飞。不知何岁月，得与尔同归。"（韦承庆）此绝句第一、二、四句尾字都是动词，语气自然。"明月松间照，清泉石上流"（王维），此系五律的颔联，两句尾字都是动词，语气也自然。动词结尾如果用倒装句，则以两句对举出之，庶几妥帖，如"名岂文章著，官应老病休"（杜甫），原语序应作"文章岂著名，老病应休官"，倒装后两句对举，抵消了一句倒装后的别扭，而更显沉郁顿挫。今人作诗常常一句倒装动词收尾，殊觉别扭。如"清水琼楼映，春风暖众胸"，前一句是"清水映琼楼"的倒装；"苍松翠竹蓝天抱，诗圣华章万古芳"，前一句是"苍松翠竹抱蓝天"的倒装。这些都是为了调平仄，将单句倒装，致使语句拗涩。因此，只有一句作倒装，尽量不要将动词放在句尾。

五五

林散之《〈忆昔吟〉李生嫌其冗……诗成之日，作此自嘲》："只为翻新一首诗，不辞日夜苦追思。三更未睡五更起，上午才誊下午疑。几改几涂终不惬，连圈连点始相宜。古人大笑今人叹，如此吟成技亦奇。"道尽吟诗、改诗甘苦，幽默有趣。

五六

某君作《初雪》绝句云："重霄谁在剪琼云，片片相思散入尘。因羡婚纱颜色好，青山新试白罗裙。"网上好评如潮。愚以为，此诗好在比拟新巧，不足是视角前后不统一，断为两截。又，像这样构思新巧却没有多少情感内涵的诗，大受赞赏，是当今诗坛的普遍现象。

五七

某君作《望湖楼即兴》诗云："长堤笼翠玉湖秋，人上高楼月上钩。十万鱼龙潜水底，一群鸥鹭宿洲头。渔舟唱晚帆归急，诗客抒怀韵自稠。无限风光看不尽，此身疑已在杭州。"其中，"人上高楼/月上钩"是两个并列成分。"月上钩"，如果指月上帘钩，则与"人上高楼"意境不谐；如果指月似钩，则并列成分的句法结构不一致，因为"人上高楼"所写有二，"月似钩"所指为一。

五八

某君作《山乡之晨》诗："朝霞驱晓月，初日照高丘。车道崖边去，琴泉石上流。二三鞭曲脆，八九鸟声幽。坡果飘香处，一歌云外头。"该诗很感性，景中有人。"琴泉"暗用比喻，与实写的"车道"对仗未稳，不若径用"山泉"。

五九

某君作《春雨》诗："万缕千丝又伴风，芳菲大地更葱茏。白云落处青如洗，浇得春花别样红。"好在以形象说话，第三句独创。唯第二句承接不够紧密，当继续写春雨如何，或可改成"杜鹃声里雨蒙蒙"。结句"浇"字是夏雨，不如"润"字。

六〇

某君作《听蝉》诗："窗外蝉正噪，诗兴老难禁。风吹来复去，可辨是谁吟？"此诗善于捕捉情境，将蝉鸣与诗人的吟咏联系起来，但处理不够好。蝉噪与吟咏差别很大，容易分辨，所以结句问得不准。前两句不合律。试改为"窗外蝉声噪，诗情老不禁。风吹来复去，似笑我闲吟"，如何？又某君《听蝉》："隐隐群蝉鸣树梢，一声更比一声高。园中静坐听啼叫，引得诗潮久未消。"前三句写听蝉尚好，铺垫到位，但结句在说明，没有呈现具体的情境，显得空疏，说了等于没有说，当改。第三句"叫"字撞韵，避开为好。试改如下："隐隐群蝉鸣树梢，一声更比一声高。园林听久人思睡，断续风中午梦遥。"

六一

某君作《青城山》诗："林深曲径隐亭楼，夏日青城万壑幽。绝妙凌云峰上伫，岷江原野接天流。"前两句写出青城山景物的特点，最后一句虽然写岷江，但立足点在青城山，姑言其高，写出了青城山的大环境，不算离题。"林深曲径"改"林深径曲"，"伫"改"望"，更佳。

六二

某君作《李白》诗："如水银光洒满坡，举觞邀月意如何？诗文豪迈妪童懂，浊酒一杯千首歌。"化用"举杯邀明月"与"李白一斗诗百篇"等诗句，颇自然。第三句乏味，可改作"诗仙自有通灵术”。又某君作《李白》诗：“金星谪世间，自诩号青莲。酒胆如沧海，诗怀比九天。呼嗟亲里庶，嬉笑傲天官。操节高山仰，骚踪继永年。”首联从李白的字号入手，写出李白的标记，锁定对象。颔联突出其诗酒的爱好。颈联写李白为人的个性，尾联写李白的影响和后人对李白的敬仰，结构颇为稳健。“自诩”是自夸的意思，不妥当，第二句似可改“犹自号青莲”。“节操”之“操”读仄声，不需倒装作“操节”；“骚踪继永年”不够通顺，尾联似可改作“节操高山仰，精魂万代传”。整首诗改作如下：“金星谪世间，犹自号青莲。酒胆如沧海，诗怀比九天。呼嗟亲里庶，嬉笑傲天官。节操高山仰，精魂万代传。”

六三

某君作《忆母》诗：“别梦又逢春，愁消福叩门。田间背日月，灶上转乾坤。夜补儿心暖，病撑民俗淳。音容融绿海，叶叶尽深恩。”颔联极好。“田间”“灶上”是母亲劳作的典型场所，也就是母亲的“日月”和“乾坤”，用两个动词“背”“转”衔接起来，思路开阔，对仗工整。“病撑民俗淳”，“撑病”与“民俗”之间有点隔。尾联中的“绿海”或指山林，但“叶叶”接不上“绿海”，“绿海”可直接用“草木”。

六四

某君作《霜橘》诗：“橘生淮北成为枳，长在淮南全不同。霜后味甘容更丽，绿丛红果暖苍穹。”前两句用典，后两句白描，分开来看都很好，但诗断为两截，第三句转接关系考虑不周。试改如下：“橘生淮北成为枳，长在淮南味不同。霜后秋容都一样，绿丛红果映苍穹。”

六五

某君作《蜡梅》诗：“傲雪俏斜姿，幽香暗送迟。终将寒苦意，化作报春枝。”后两句连读，有寄托，佳。但要说这首诗是咏梅花也可，“俏”字俗，第一句改作“蜡样傲霜姿”，则更能体现蜡梅颜色的特点，从而锁定蜡梅。

六六

某君作《蚕豆花》诗：“埂边蚕豆花，碧玉缀晨霞。独买春光号，无蜂也自华。”未能写出蚕豆花的特点。余为之改如下：“埂边蚕豆花，凝露对朝霞。黑白分明处，无蜂也自华。”

六七

某君作《初冬》诗：“坐看江枫半染红，偶闻断雁叫西风。笔端未及秋容顾，袖底寒生倏已冬。”第三句“顾”字觉多余，余建议改“笔端未及秋声色”，“声”照应第二句，“色”照应第一句。

六八

某君作《奎潭望湖楼凭眺》诗云：“岸草和烟绿，朝霞抹远空。柳堤飞翠羽，河埠泊乌蓬。兴惬心先醉，情高句自工。水乡街市闹，处处酒旗风。”第七句“水乡街市闹”之“闹”字嫌太吵，可改“水乡邻闹市”。

六九

某君作《黄山百丈泉》诗：“少曾纵步此留踪，玉溅珠飞洗倦容。此日瀑犹悬百丈，崖添翠影一千重。”首句“纵步”“留踪”略感重复，结句“一千重”夸张过甚。黄山百丈泉在紫石、清潭两峰之间，余为之改如下：“清潭紫石忆前踪，玉溅珠飞洗倦容。此日瀑犹悬百丈，崖添翠影一重重。”“清潭紫石”点明百丈泉所在位置，也为结句“崖”字做铺垫；“忆前踪”为“此日”作先导；“一重重”表多。

七〇

某君作《大暑夜》诗：“最忆儿时夜竹床，父摇蒲扇梦清凉。而今身在清凉屋，抱影无眠对月光。”“父”字后面缺少呼应，为之改如下：“最忆儿时夜竹床，父摇蒲扇梦清凉。今宵身在清凉屋，不见严君见月光。”

七一

《全台诗》（施懿琳主编）第31册录庄嵩诗，其《竹下垂钓》诗云：“一溪春水万竿风，独坐苔矶学钓翁。愿与此君长作伴，垂纶不在有无中。”“不在”疑为“只在”，后两句意即愿与万竿竹为伴，垂钓实无所谓也。

七二

网上看到孙群先生《题川锅老骨火锅》诗：“擎叉举勺动刀兵，直向金汤取一羹。当世人须多补钙，从今不许骨头轻。”后两句改为“纵使世人多补钙，可怜依旧骨头轻”如何？

七三

某日，章绍斌兄于微信群贴出旧作《访北海公园》：“永安桥畔柳含烟，远客来游夕照天。白塔依然琼岛立，碧波已换几朝船。”崔达送先生说：“‘换’与‘波’联系不强，况有‘几朝’，可不用‘换’。建议改‘换’为‘荡’。”我建议改结句为“碧波载覆几朝船”。

七四

王业记先生作《甲辰新正九日咏兰》：“蕙草芳根在，孤幽向一隅。冲寒经雨浥，破梦伴林苏。气共清风拂，颜如碧玉敷。者番观大野，冷眼对繁芜。”第四句原作“破梦见兰苏”，余云颔联不出现“兰”字为佳，先生因改。

七五

诗要有形象，但也要合逻辑，包括生活逻辑和想象逻辑。常识的匮乏或过于随意的写作，往往会出现逻辑问题。如某君《步韵文徵明〈品茶图〉》:“僻居野老远尘埃，竹隐柴门镇日开。煮得一壶春嫩绿，山禽随意品香来。”结句不真实，或可改“山禽亦欲品香来”。某君《春事》:“芳草平芜接远天，乱红逐水碧生烟。白头谁共春风老，不愿逢人说过年。”一春将尽时，谁会逢人说过年呢?

七六

分界线中寓诗意。如黄昏是日夜的分界线，弥留是生死的分界线，边境是地理上的分界线，皆易于引发诗人的情思。陈海洋《夜宿中越边境小镇》:“百年恩怨总难分，息尽炮声鸡犬闻。两岸春山灯火暖，相逢只隔一溪云。”刘庆霖《故乡边境行》:“边境穿行欲断肠，当年历史已微茫。界碑立处杂荒草，一朵花开两国香。”皆于边境处取材，皆以对比立意。新诗中，洛夫的《边界望乡》、郑愁予的《边界酒店》是于边界取材的名篇。

七七

余曾作《空地》:“空地生青草，从无果与蔬。园工真卖力，岁岁为芟除。”结句初稿作“一一为芟除”。诗要讲生活逻辑。“一一为芟除”，可能用来种果与蔬，诗意平平;“岁岁为芟除”，不种果与蔬，则有讽刺意味。

七八

余曾作《老榆树》:“老干虬柯力自持，榆钱落尽叶离披。斜撑铁柱浑多事，何似天然着地垂？”终觉“浑多事”与结句意思重复。因“斜撑铁柱，何似天然着地垂”意思已足。为之再改如下：“老干虬柯力自持，榆钱落尽叶离披。周遭铁柱斜撑起，何似天然着地垂？”

七九

安徽芜湖奚道华先生《感事》诗云：“飞花巷陌接哀声，老病英年共一程。祭品此行须备足，酆都恐是也封城。”善于联想，别有意味。

八〇

诗有语感，有时差别细微。比如“酆都恐是也封城”与“酆都万一也封城”，都是猜测，情况有别。“恐是”，指有一定迹象的猜测，“是”字吃紧；“万一”，指没有任何根据的猜测，表示有某种可能性。语感从哪里来？一半靠天赋，一半靠学力。写作时，当重视第一念；阅读时，当重视第一感。

八一

当今诗坛有一种面壁虚构、矫揉造作的风气。元宵节还没到，就在诗中观灯舞龙；重阳节还没到，就在诗中登高赏菊。这些应时应景之作，无真切体验，无个人风格，所写大多是陈词滥调，一无是处。

八二

当今诗词微信群不计其数，很多人满足于天天发帖，作品不断，但像样的作品难得一见，大抵是合律的说明书、分行的新闻报道，甚至废话。用典也很拙劣，如写茶云：“千秋尤物卢仝识，几树仙芽陆羽研。”写桃花云：“前度刘郎潇洒问，当年崔护怅然题。”

八三

作诗要有感兴，没有感兴而作诗，便成了附庸风雅的顺口溜或押韵的说明文。当今屡见不鲜的“三应诗”多属此类，很多诗词大赛的作品也是。

卷五　继承与创新

一

数千年诗歌史，名篇佳作灿若繁星，后人涵泳既久，受其影响，或用其立意，或仿其谋篇，或学其句法。就名句而言，或引用，或化用，或翻新，都无不可。唯直接引用要慎之又慎，一篇之中不可套袭过多，主脑须是自家的。

二

李白《上皇西巡南京歌十首》其四："谁道君王行路难，六龙西幸万人欢。地转锦江成渭水，天回玉垒作长安。"宋人林升"直把杭州作汴州"构思学李白，而更具讽刺意味。

三

宋太上隐者"山中无历日，寒尽不知年"（《山居书事》）原出陶渊明"虽无纪历志，四时自成岁"（《桃花源诗》），后出转精，更进一步。

四

杜甫“好雨知时节，当春乃发生。随风潜入夜，润物细无声”（《春夜喜雨》）是从陶渊明“微雨从东来，好风与之俱”（《读山海经十三首》其一）生发而来。

五

杜甫不但对旧体诗有巨大影响，对新诗的影响也不可小觑。据统计，新诗作者写杜甫也数不胜数，诸如：冯至《杜甫》，洛夫《赠杜甫》《车上读杜甫》《杜甫草堂》，余光中《草堂祭杜甫》，叶维廉《草堂杜甫二折》《春日怀杜甫》，杨牧《秋祭杜甫》，罗青《杜甫访问记》，叶延滨《重访杜甫草堂》，梁晓明《杜甫传第二十七页》，肖开愚《向杜甫致敬》，黄灿然《杜甫》，周瑟瑟《向杜甫致敬》，陈义芝《草堂沉思》，孙步康《访杜陵》，陈黎《春宿杜府》，西川《杜甫》，安琪《成都，在杜甫草堂》，洪烛《杜甫》，娜夜《草堂读诗》。

六

杜甫诗句“桃花细逐杨花落，黄鸟时兼白鸟飞”（《曲江对酒》）描写细腻，重字别致，后人多效此句法。梅尧臣诗句“南岭禽过北岭叫，高田水入低田流”（《春日拜垄经田家》）仿效出彩，空间感极强。

七

杜甫《前出塞九首》其六：“挽弓当挽强，用箭当用长。射人先射马，擒贼先擒王。杀人亦有限，列国自有疆。苟能制侵陵，岂在多杀伤。”清顾岱《奉委进江背洞驻军赤坎招安贼三万有奇》：“匹马临江背，前旌近贼营。由来皆赤子，何忍作长平。地险归耕少，民顽人法轻。抚绥诚不易，先轨是阳明。”沈归愚评曰：“秉心如此，体天地好生之心者也。彼白起坑长平卒至七十万人，项羽坑新安卒至二十余万人，李广杀羌亦八百余人，三人不全首领，天道然也。阳明破贼，剿而兼抚，故引以为先轨云。”诗亦本杜诗之意。

八

王昌龄《巴陵送李十二》：“摇曳巴陵洲渚分，清江传语便风闻。山长不见秋城色，日暮蒹葭空水云。”薛涛《送友人》：“水国蒹葭夜有霜，月寒山色共苍苍。谁言千里自今夕，离梦杳如关塞长。”各有句从《诗经·秦风·蒹葭》化出。清牛运震《诗志》云，《蒹葭》为“《国风》第一篇飘渺文字”。

九

白居易《白云泉》诗云：“天平山上白云泉，云自无心水自闲。何必奔冲山下去，更添波浪向人间。”清代赵俞《溪声》诗云：“结庐何日住深山，竹月松风相对闲。却笑溪声忙底事，奔流偏欲到人间。”后者从前者脱胎而来，然各有胜处。

一〇

白居易《板桥路》:“梁苑城西二十里，一渠春水柳千条。若为此路今重过，十五年前旧板桥。曾共玉颜桥上别，不知消息到今朝。”刘禹锡《杨柳枝》:“春江一曲柳千条，二十年前旧板桥。曾与美人桥上别，恨无消息到今朝。”刘诗当据白诗改编，可谓青出于蓝而胜于蓝。明末王屋《摊破浣溪沙·题旧》:“十五年前旧板桥。第三门里一株桃。几度春风桥上望。欲魂销。　别久已知花作子，子今应比旧株高。无复风情从那日，到今朝。”从白居易、刘禹锡那里借一点材料，又添加新内容，翻出新意。

一一

白居易《咏怀》诗有云:“面上减除忧喜色，胸中消尽是非心。”不喜不忧，无是无非，是庄子所谓圣人之境。余愧不能，至多“面上可除忧喜色，胸中难泯是非心”。

一二

韦苏州诗云“邑有流亡愧俸钱”，欧阳永叔诗云“包羞食万钱”，梅圣俞诗云“念彼无衣褐，愧此貂裘温”，皆有民胞物与之心、恻隐之情。贪官污吏读此能无愧乎?

一三

日本桑原腹赤《月夜言离》:“地势风牛虽异域，天文月兔尚同光。思君一似云间影，夜夜相随到远乡。”后两句从李白“我寄愁心与明月，随风直到夜郎西”脱化而来，其人善学如此。

一四

李贺诗有时颠倒主客关系，造成生新的效果。鲍照有诗模拟亡者说话，李贺反过来说“秋坟鬼唱鲍家诗”。又，本意写密集的笙声如洞庭的雨脚，却说“洞庭雨脚来吹笙”。又，本是铜人离开汉宫花木而去，却说“衰兰送客咸阳道”。

一五

北宋路振《题惠泉师壁》:“汉公尝说惠泉师，解讲楞严解赋诗。今日我来师已去，草堂风雨立多时。”1948 年，丰子恺谒厦门南普陀寺李叔同故居，见到弘一法师手植杨柳，曾将此景作画，并题两句云:“今日我来师已去，摩挲杨柳立多时。”稍加改动路振诗句。2024 年，我从安徽师范大学中国诗学研究中心借阅《北山楼集》(孙文光点校)，见扉页有孙文光先生题赠余恕诚先生的字迹，感而作绝句云:“文光师赠恕诚师，我见签名意似痴。引路之人都不见，摩挲诗集想多时。”结句又从丰子恺句中来。

一六

苏舜钦《吾闻》:“马跃践胡肠，士渴饮胡血。”此岳飞“壮志饥餐胡虏肉，笑谈渴饮匈奴血”(《满江红・写怀》)所本。

一七

王安石先有"为问扬州月，何时照我还？"（《杂咏》），后又有"春风又绿江南岸，明月何时照我还？"（《泊船瓜洲》）又，其"青山缭绕疑无路，忽见千帆隐映来"（《江上》）启发了陆游的诗句"山重水复疑无路，柳暗花明又一村"（《游山西村》）。

一八

古人写梅子熟时的天气，有云"黄梅时节家家雨"，有云"梅子熟时日日晴"，有云"熟梅天气半晴阴"，于此可见，诗当写自家体验，不必人云亦云。

一九

元好问诗句"林高风有态，苔滑水无声"（《山居杂诗六首》）刻画传神。曾卓新诗亦有句云"它的弯曲的身体 / 留下了风的形状"（《悬岩边的树》），借树木写风，同一道理。

二〇

清初黄宗羲《不寐》："年少鸡鸣方就枕，老人枕上待鸡鸣。转头三十余年事，不道消磨只数声。"晚清魏源《晓窗》："少闻鸡声眠，老听鸡声起。千古万代人，消磨数声里。"显然套用黄诗，同是四两拨千斤，深于感慨。

二一

清许虬《折杨柳歌三首》其三："居辽四十年，生儿十岁许。偶听故乡音，问爷此何语？"今人郑万才《冬夜吟怀》："无端梦醒夜难眠，辗转一宵嚼苦甜。十载未曾归故里，生儿不会讲方言。"当从许虬诗化出。清林颀《戏题外子写照》："爱君笔底有烟霞，自拔金钗付酒家。修到人间才子妇，不辞清瘦似梅花。"今人王恒鼎《吾妻》："嫁个郎君爱写诗，家贫百事自撑持。忙中哪得临妆镜？瘦到梅花总不知。"当从林颀诗化出。

二二

清彭孙遹《雨中过白芒村寄高山人俨》："春云生骤寒，溪上无人迹。石笋清相罗，烟翠纷可摘。欲持三尺绢，写此春山碧。却忆山中人，远在龙池宅。惆怅不同游，白芒风雨夕。"风调颇似韦应物《寄全椒山中道士》。

二三

清张英《严陵江》："千嶂桐庐道，清风几溯洄。不知天子贵，犹是故人来。垂钓本无意，披裘亦浪猜。翻嫌人好事，高筑子陵台。"写出严子陵的本来面目，跳出前人窠臼。

二四

清初陈恭尹《尘》诗云："似空如色未分明，脉脉冥冥类有情。钻隙入来知态巧，步虚遥上极身轻。稍经宿雨销沉尽，又倚西风澹荡行。最是贵人车马路，一回过去一层生。”既写尘之形，又传尘之神。尾联调侃有趣。余甚喜之，仿作《雾》云：“轻于蝉翼白于纱，化片凝团处处家。笼物山巅成岛屿，迷人咫尺是天涯。氤氲渐失风前树，隐约曾遮苑内花。五里朦胧徒尔尔，百年几度罩中华。”

二五

王国维《浣溪沙》：“山寺微茫背夕曛，鸟飞不到半山昏。上方孤磬定行云。 试上高峰窥皓月，偶开天眼觑红尘。可怜身是眼中人。”境界高远，富有哲理。后两句源自王维诗句“山河天眼里，世界法身中”（《夏日过青龙寺谒操禅师》）。摩诘诗有禅味，静安词有宇宙意识。

二六

《红楼梦》第八十七回，惜春口占一偈云：“大造本无方，云何是应住。既从空中来，应向空中去。”1977年，方东美作一诗云：“我自空中来，还向空中去。空空何所有，住心亦无处。”是本《红楼梦》，亦似偈语。

二七

苗沛霖（？—1863），字雨三，安徽凤台人，晚清军事人物。其《秋霄独坐》诗云：“手披残卷对青灯，独坐搴帷数列星。六幅屏开秋黯黯，一堂虫语夜冥冥。杜鹃啼血霜华白，魑魅窥人灯火青。我自横刀向天笑，此生休再误穷经。”第七句为谭嗣同诗所引，谭诗《狱中题壁》云：“望门投止思张俭，忍死须臾待杜根。我自横刀向天笑，去留肝胆两昆仑。”

二八

钱振锽《论诗》：“谢家池草生春日，释氏桃花悟道时。人力到时天趣出，不须说与少年知。”张溶川《寒夜偶成》：“玉梅花下酒香时，月姊风姨竞献诗。风鼓松涛团雪屋，月筛竹影画冰池。倦凭乌几闲行少，寒恋红炉独睡迟。几度沧桑家国史，灯前说与少年知。”两诗结句各有意味。

二九

美国诗人瓦萨·米勒《何谓诗人》一文云：“凭着诗我们确实‘永远第一次看见一切，通过最后时刻的镜头’，也就是新人性的时刻。”“永远第一次看见一切”与纳兰性德的“人生若只如初见”相通，也就是陌生化、新鲜感。

三〇

台湾省诗人许南英《七夕遇雨》诗：“黑云驱雨疾如潮，转为神仙贺此宵。泻尽银河千顷水，不须乌鹊为填桥。”富于想象力，有新意。

三一

许南英《留别徐闻绅士》七律尾联：“寄语四乡诸父老，能攻吾短即吾师。”余甚爱后一句，因套用之作绝句《习诗》云：“生涯有限诗无限，造化能为我欲为。寄语吟坛诸作者，能攻吾短即吾师。”

三二

新名词入诗不易，题咏新事物更是不易，关键在从中悟出诗意并加锤炼。盛法先生《无射斋吟稿》中有一组“新咏物诗”新颖可读。如《航天船》：“飞天旧梦早成真，更御风雷访月轮。莫道地球居不易，他年星海好移民。”《运载火箭》：“直上苍穹天路开，云帆星纤共徘徊。嫦娥应解相思结，碧落红尘任去来。”《基因图谱》：“窥罢星云窥小虫，更追生命去来踪。人间奥秘都参透，宇宙何年一克隆？”《互联网》：“不是云烟不是风，混元之气运无穷。天机地奥人间秘，尽在空空一网中。”《新保健品》：“昨日风行脑白金，今朝争唱补基因。千秋多少长生剂，几个金刚不坏身？”《地铁》：“大道条条陆海空，而今地底走飞龙。封神榜里土行者，只有心甘拜下风！”《微信群》：“微群是个百花台，万紫千红次第开。欸乃几声飞帖到，丁东一响好诗来。人间风月凭吟啸，天下文章任剪裁。老眼回回青欲滴，怎多高手展高才！”

三三

陶武先先生《庐山》诗：“层峦叠翠雾萦峰，洞府丛林道不同。要识匡庐真面目，还须出入此山中。”步苏轼《题西林壁》诗韵而能翻出新意，颇为难得。余亦效颦两首，其一云：“仙人洞外雾萦峰，消受风光日不同。可叹当年开大会，斗争选在此山中。”其二云：“三叠泉通五老峰，渊明品格正相同。庐山奥秘谁曾见？见在舒家日记中。”（注：清人舒梦兰《游山日记》云：“愚谓庐山品绝高，与渊明绝相似。”）

三四

钟振振先生《西湖》诗：“四时花气酿西湖，细雨噙香淡若无。一似春宵少女梦，最温馨处总模糊。”《赛里木湖》诗：“雪岭云杉各有枝，其姝静女自情痴。一湖水酝千年梦，恨不知她梦里谁。”两诗佳处皆在比喻、拟人的运用，化实为虚，虚处传神。赛里木湖少有人写，固佳；古今咏西湖之诗不计其数，名作亦多，钟诗翻新出奇，尤为不易。

三五

曾少立网名“李子梨子栗子”，其词被人称为“李子体”。“李子体”有鲜明的个性，试读他的几首“人类词”。《临江仙》：“你把鱼群囚海里。你跟蛇怪纠缠。你教老虎打江山。因为你高兴，月亮是条船。　然后他们就来了。他们举火寻欢。他们指认鼎和棺。他们摸万物，然后不生还。”《风入松》：“天空流白海流蓝，血脉自循环。泥巴植物多欢笑，太阳是、某种遗传。果实互相寻觅，石头放弃交谈。　火光走失在民间，姓氏像王冠。无关领土和情欲，有风把、肉体掀翻。大雁高瞻远瞩，人们一日三餐。”《临江仙》：“你到世间来一趟，他们不说原因。一方屋顶一张门。门前有条路，比脚更延伸。　一块石头三不管，你来安下腰身。远离青史与良辰。公元年月日，你是某行人。”这些词在两个方面进行尝试：一、主题思想方面，大约受现象学和存在主义哲学的影响，回到事物本身，关注人类的生存和命运；二、语言和修辞方面，尝试口语化写作和陌生化、物理性写作。读者对“李子体”颇有争议，我觉得李子有想法，有办法，尝试无妨，胡适曾说“自古成功在尝试”。

三六

曾少立《临江仙》：“你把鱼群囚海里。你跟蛇怪纠缠。你教老虎打江山。因为你高兴，月亮是条船。　然后他们就来了。他们举火寻欢。他们指认鼎和棺。他们摸万物，然后不生还。”余曾写诗话论之。河北徐丙伙先生读后，回短信云：“这是把现代自由诗的‘新酒’装进了古词牌的‘旧瓶’，这样一来，我感觉自由诗失去了自由，而旧体词的美也不见了。”此话值得玩味。

三七

汉代《古诗》：“步出城东门，遥望江南路。前日风雪中，故人从此去。我欲渡河水，河水深无梁。愿为双黄鹄，高飞还故乡。”前半写客中送客，后半写欲归不能。语言质朴，感情沉郁。元代揭傒斯《晓出顺承门有怀何太虚》：“步出城南门，怅望江南路。前日风雨中，故人从此去。”截取《古诗》前四句，改动三字变为怀人之作，此是借用古诗以写自家情怀也。

三八

孔凡章，字礼南，四川成都人，为当代著名诗词家，著有《回舟全集》。其诗有见识，多新意，如：“纵使江河终日下，长堤不溃肯横流？”（《登望江楼》）“千秋佳丽知多少，谁有名花作后身？”（《虞美人花》）“惭愧祠堂旧松柏，也曾低首向冰霜。”（《游武侯祠有感》）“平生每为重瞳恨，后入关中一着输。”（《西安怀古》）

三九

黄山迎客松天下闻名，咏此松者不计其数，然意必己出者不多。余曾录得数首，如许士舟《咏黄山迎客松》：“岩前伫立任晴阴，送往迎来古到今。试问广交千万客，个中多少是知音？”江兴皖《题黄山迎客松》：“迎客居然有古松，人来无语枉相逢。一株苍老寻常树，长在名山便不同。”陈旭光《黄山迎客松》：“本同梅竹密无间，啸傲烟霞乐自然。岂料一朝膺美誉，逢迎便不敢偷闲。”

四〇

今人作诗，动辄云“如诗”“如歌”“似画”，毫无活力，俗滥不堪，连古代三家村学究都不如。

四一

某君有句云“新诗冒出芽”，众以为妙，有人点评云“新诗手法”。其实，化抽象为具象，虚实相生，古已有之，如杨万里诗句“一杯咽下少陵诗”（《立春日有怀二首》）。

四二

翻译家杨宪益七律《知了》：“知了谁言不像官，平生绝技是宣传。自吹成就声名震，假冒清高风露餐。暑热攀高栖碧树，秋凉走穴觅黄泉。暗中吸尽民膏血，腰满肠肥便挂冠。”蝉不再是传统诗词中的清高形象，可谓翻出新意。安徽桐城汪茂荣七律《友人征题咏蝉，即兴吟就以消秋暑也》：“蛰伏三年出土中，拣枝不伍可怜虫。餐风盗就清名大，鸣夏赢来令誉隆。身外螳螂方搏食，林中痀丈待收功。历经蜕变终犹尔，枉费居高心力穷。”后出转精，更耐人寻味。

四三

宋秦观《牵牛花》：“银汉初移漏欲残，步虚人倚玉阑干。仙衣染得天边碧，乞与人间向晓看。”诗以意境取胜。宋林逋山《牵牛花》：“圆似流钱碧剪纱，墙头藤蔓自交加。天孙滴下相思泪，长向秋深结此花。”诗以想象取胜。宋汪应辰《牵牛花》：“叶细枝柔独立难，谁人抬起傍阑干。一朝引上檐楹去，不许时人眼下看。”诗以讽喻取胜。今人山西李登峰《牵牛花》：“软叶柔花倚一藤，绕篱萦架爱高层。喇叭吹得无声响，何况牵牛更不能。”亦是讽喻，更出新意。

四四

舒婷的“为眺望远天的杳鹤 / 而错过无数次春江月明”（《神女峰》），诗意暗通王昌龄的“忽见陌头杨柳色，悔教夫婿觅封侯”（《闺怨》）。

四五

苏童长篇小说《我的帝王生涯》写一个古代帝王大起大落的人生遭遇，小说的主人公屡屡提及吟诗作词，如云：“我边走边吟，遂成《念奴娇》一首，以兹纪念我和蕙妃的短暂而热烈的欢情恩爱。”“就在那块红罗帕上，我为蕙妃写下了最后一首赠别诗，留在她的枕边。”但小说中一首诗词的具体内容都没有。现代小说家如鲁迅、郁达夫、钱锺书等有旧学修养，小说中有自创诗词作品出现，当代小说家则普遍缺少这方面的才能。

四六

2016 年，莫言作词《仿减字木兰花曲牌，忆〈蛙〉写作时心境》：“娃蛙娲哇，声声令我泪欲下。姑姑孤苦，心中之事对谁语？　悠悠我心，为君沉吟到如今。皎皎明月，此情何时可断绝？”只字数、句数合《减字木兰花》，结两句意不相属，实未谙词律也。

四七

陈忠实长篇小说《白鹿原》中的朱先生是关中大儒，他登华山峰顶，吟出一首《七绝》："踏破白云万千重，仰天池上水溶溶。横空大气排山去，砥柱人间是此峰。"的是七绝，也符合其胸襟气魄。而朱先生《致嘉轩弟》则云："倚势恃强压对方，打斗诉讼两败伤。为富思仁兼重义，谦让一步宽十丈。"则不为七绝，颇似顺口溜，且用稚拙的"娃娃体毛笔字"写成，考虑到了白嘉轩的身份与口味，从中可见朱先生的智慧。

四八

历代咏西施之诗可谓多矣，皆不若唐苏拯《西施》一诗富有历史眼光："吴王从骄佚，天产西施出。岂徒伐一人，所希救群物。良由上天意，恶盈戒奢侈。不独破吴国，不独生越水。在周名褒姒，在纣名妲己。变化本多涂，生杀亦如此。君王政不修，立地生西子。""君王政不修，立地生西子"，概括何其有力！胜出他人一隅之见。

四九

清代史半楼五律《寄皖城松隐上人》颔联云："江云浓似岫，野月大于城。"后一句大约从清初张潮"乡月大于城"而来。

五〇

题咏安徽砀山梨树王、梨树神的诗不可胜数，独安徽宿州许东良先生别具只眼，写出个性。其《梨树王》诗云："花开如雪果金黄，三百春秋梨梦长。何啻人间官本位，而今树大也称王。"

《梨树神》诗云："紫缎红绸挂满身，传闻时可示迷津。花凋果尽犹参拜，也有官员也有民。"

五一

山东徐艺宁《雨夜读史》："楼外潇潇响似筝，倚窗持卷品衰荣。读书读到袁崇焕，里外俱为风雨声。"是一种写法。余曾作《读史记》："兴也在朝廷，亡也在朝廷。兴亡多少事，纸上寂无声。"是另一种写法。

五二

今人作诗多学杨诚斋，琐碎尖巧，清新不足，而伧俚过之。

五三

辛弃疾《菩萨蛮·书江西造口壁》词："郁孤台下清江水，中间多少行人泪。西北望长安，可怜无数山。　青山遮不住，毕竟东流去。江晚正愁余，山深闻鹧鸪。"朱庸斋《分春馆词话》卷四评该词云："《菩萨蛮》词用笔之重，声势之壮，当以此篇为最。"今蚌埠韩心荣《菩萨蛮·涉故台》词云："陈吴振臂三声吼，征夫九百挥戈走。谁个敢亡秦？布衣庄稼人。　渔鱼而竭泽，苛政凶于贼。故垒警千秋，江河可覆舟。"该词"用笔之重，声势之壮"，不逊辛词。

卷六　诗人与诗选

一

程坚甫（1899—1989），广东台山人，患有口吃，1949年之前曾任图书馆管理员和秘书等职，1949年还乡务农，一生贫困，嗜书如命，著有《不磷室诗存》。诗多写自身生活和时代风貌，尤善七律，录数首如下。《岳武穆》："几时还我好河山？顾此头颅莫等闲！二圣誓迎湔耻辱，十年转战历危艰。偏安有意和戎去，奏凯无歌奉诏还。竟使西湖驴背客，雄心消尽酒杯间！"《惆怅词》："三生未了是情痴，心畔闲愁渐上眉。地老天荒犹有恨，月圆花好又何时？珠将解赠休还泪，叶倘通媒易得诗。今夜料应眠不得，怪他残漏故迟迟！"《断肠词》："四十年间堕劫尘，难将后果问前因。无多涕泗酬亡者，留得形骸作恨人。胶不续肠拼尽断，珠经离掌倍堪珍。破藤箱子遗衣在，偶一回看一怆神！"《自嘲》："漫天阴雨酿新寒，半叟依然褐不完。往事如烟难摭拾，余生似竹尚平安。偶成诗画惭摩诘，倘着袈裟是懒残。皮相俗流应笑我，学农仍未脱儒酸。"《暮冬随笔》（二十首选一）："半世家贫累老妻，父书徒读愧修齐！忘机友欲盟鸥鹭，争食吾宁与鹜鸡？兵马纵横闲看弈，江天俯仰独扶犁。眼前一幅萧条画，十里平芜夕照低。"《夜雨感吟》："窗外芭蕉叶欲残，挑灯听雨夜漫漫。万重愁绪肠千结，六十年华指一弹。肯向参苓求缓死？倘劳朋旧劝加餐。人间风雨消磨尽，剩有吟诗兴未阑。"《看花》："随处春光总可怜，绿杨留客意缠绵。爱从叶底窥蝴蝶，厌向风前听杜鹃。感旧已无新涕泪，看花还有旧姻缘。浮生好景难多得，寄语羲和缓着鞭！"

二

聂绀弩（1903—1986）的《北荒草》中有不少写劳动的篇章，如《挑水》："这头高便那头低，片木能平桶面漪。一担乾坤肩上下，双悬日月臂东西。汲前古镜人留影，行后征鸿爪印泥。任重途修坡又陡，鹧鸪偏向井边啼。"《削土豆种伤手》："豆上无坑不有芽，手忙刀快眼昏花。两三点血红谁见，六十岁人白自夸。欲把相思栽北国，难凭赤手建中华。狂言在口终羞说，以此微红献国家。"《清厕同枚子二首》其一："君自舀来仆自挑，燕昭台畔雨潇潇。高低深浅两双手，香臭稠稀一把瓢。白雪阳春同掩鼻，苍蝇盛夏共弯腰。澄清天下吾曹事，污秽成坑便肯饶？"苦中作乐的调子迥然不同于历代的田园诗。小题大做、化俗为雅是聂诗的一大特色，也是其黑色幽默的一大根源。

三

汪稚青（1919—2005），号晚霞老人，安徽黟县人，民国诗人汪石青长子。著有诗词集《晚霞韵语》，诗学功深，陈永正《减字木兰花·题汪稚青先生晚霞韵语》之评价可见一斑：“黟山风雨。历劫天涯多苦语。琴剑休焚。大患宁馀百炼身。　自由堪羡。莫问文章能贵贱。万古浓愁。成就人间第一流。”兹录其诗数首。《旅感两律次大任韵》：“天涯千里走孤身，顾影茕茕一怆神。故国河山月下泪，小园花草梦中春。过江洗马形先瘁，毁室鸱鸮冤未伸。投笔请缨成底事，依然肮脏困风尘。”“涯角栖栖路几千，为人为己两茫然。陌头杨柳惊思妇，镜里头颅负少年。国士无双羞哙伍，江河万古愧卢前。绮怀壮志都如梦，悔读渊明赋一篇。”《孔凡章先生〈回舟集〉题词二律》：“一卷琅嬛出锦官，霓裳新曲播人间。兴观群怨鸿篇笔，陵谷沧桑凤苑翰。采菊行吟三径老，看花览胜两间宽。卜商可与言诗未？待抱葩经叩杏坛。”“栈道蚕丛辟草芜，峨眉山月满江湖。中兴鼓吹开元盛，下里音声宋玉诬。唐室诗才终让李，益州文笔旧崇苏。闲云意态春风笔，为问巴人解得无？”

四

当代诗人多长寿，周正环先生曾为百岁诗人刘彪（1923年生）、叶嘉莹（1924—2024）、盛法（1924年生）作贺寿七律四首，此可记也。《敬贺刘彪吟丈百岁寿诞二首》其一：“一从南渡止烽烟，守望江城七十年。杖国杖朝皆后辈，立言立德并前贤。诗从祭酒刘宾客，雅社开宗白乐天。世纪悲欢存北峡，乡心不独系龙眠。”其二：“解组离休哪得休，仙翁海屋更添筹。青山园里栽乔木，扬子江边送客舟。谁信多劳能去病？绝知永寿胜封侯。玄都道士惊尤羡：百岁刘郎未白头！”（注：北峡，在刘老故乡桐城龙眠山下，也是刘老笔名和诗集名。刘老寿臻百岁鬓发犹黑。）《贺叶嘉莹先生百岁华诞依韵奉和马凯吟长》：“冷暖红尘历百年，但将生命注诗篇。静安绝学易安骨，志士高怀国士肩。北美春风栽碧柳，南开暮雨育青莲。一斟江海为君寿，人在瑶台月在天。”（注：育青莲，先生所居南开大学迦陵学舍莲池中莲荷繁茂。）《敬贺盛法吟丈百岁寿诞》：“世纪风云任变迁，且将肝胆付诗笺。陆军转海系戎马，学府传薪执教鞭。修得吟魂清若水，觉来尘梦淡如烟。丹心绽放老梅树，香溢人间更百年。”

五

金效滨（1930—2024），安徽庐江人。曾任教员、医师，平生耽吟咏，早年存稿尽毁弃。晚年偶拈韵，亦多随手散失，部分残稿自印为《三不轩残稿》，尤工七律，集中亦多。如《落花四律》：“上林昨夜雨兼风，摇落燕支类断蓬。点鬓转怜殊旧绿，化泥无悔护新红。漂来水面文章贱，悟彻禅心色相空。晓枕酣然春睡稳，几多消息鸟声中。”“放浪生涯孰与亲，萍踪絮影共沉沦。感时漫溅青衫泪，拂面难挥紫陌尘。几树晴丝萦坠梦，一溪流水证前因。荼蘼开尽莺声老，愁煞樽前独酌人。”“风华绝代忆芳年，此日嫣红瘦可怜。阅尽六朝春冉冉，横陈三径草芊芊。残香不抱庄生蝶，幽恨空啼蜀帝鹃。好是闲庭明月夜，相思无那托冰弦。”“春归何处枉追寻，目断芳园感不禁。荣谢从知关地气，飘零岂必属天心。枕虚鸿宝颜难驻，人坐琼筵月易沉。回首枝头生意满，无言桃李已成荫。”又有《“文革”杂咏》八首，可作诗史看，其中有云“台上衣冠新傀儡，眼中水火旧君臣”，金老颇为满意此联。

六

方竑，原名方望松，号贻灿，笔名许问天，1930年生，安徽桐城人，1949年后长期居芜湖。著有诗词集《未藏真吟稿》，诗词多带杂文风格，清新活泼。录诗数首。《过洛阳》：“九都帝子尽蒿蓬，不向闲坊问永丰。洛水洋洋滋绿野，太行莽莽接苍穹。春回金谷花如海，诗到黄河句亦雄。车过龙门还一望，香山高冢夕阳红。”《采石矶怀李白》：“扁舟散发下三吴，萧索姑溪逐客居。黔岭有云皆瘴疠，长安无路不崎岖。西江岸阔鲸波寂，采石天高月影孤。才大只宜诗与酒，未知白也意何如？”《咏史三首》：“乌江流水咽余哀，力拔山兮岂霸才。一死何堪酬父老，八千子弟未归来。”“开封府尹骨铮铮，铁面生霜冷若冰。三铡刑施龙虎狗，头颅贵贱太分明。”“太平王府没蒿莱，同室操戈自拆台。纵使洪杨得天下，无非虎去又狼来。”

七

梅笑春，1931年生，安徽宿松人，善诗，著有诗词楹联集《敝帚自珍》，另有古诗集句三百篇《古韵新声》。其组诗《咏月》三十首从初一写到三十，观察细致，善于作比，兼用典故，形神具备，前无古人。诗云："朔日初临月未临，诗窗怀念一江深。何当学得崂山术，剪贴书斋照夜吟。"（初一）"谁把青天掐一痕？若无若有隐云屏。宛如出自丹青手，淡写轻描半辨形。"（初二）"不画秋波浅画眉，化工笔下欠深思。须知月姊情如我，爱看东升国格旗。"（初三）"西坠金乌暮霭中，忽看新月挂林弓。嫦娥也羡人间好，头未梳成便出宫。"（初四）"一挽银弓挂碧青，当年曾赖镇龙城。只今留作传家宝，不许匈奴扰太平。"（初五）"采石矶头捉放回，湖心尚欠月圆规。娇痴似怯人间笑，一指轻轻小揭帷。"（初六）"点点星空已上弦，山山水水薄笼烟。谁家倾国推窗望，羞得嫦娥怕露全。"（初七）"上弦月子似银梳，大半公开小半留。一片冰心明又洁，从来不上美人头。"（初八）"条条道路水铺银，澳复香归一样晴。天亦有情云不掩，前途一步一光明。"（初九）"一夜光明大一分，今宵更比昨宵明。漫云善恶无人辨，天眼恢恢看得清。"（初十）"影映池中侧面清，孩提半似半成人。星辰也识光明好，伴着银蟾照万城。"（十一）"银汉无声转九州，容花已带七分柔。收来日映君当记：只照欢娱莫照愁。"（十二）"团圞（luán）已近及笄年，只少天弓一二弦。闻说女娲能补石，台澎金马早缝圆。"（十三）"似圆还缺挂枝头，二七闺龄待好逑。敢问一言童稚话：芳姿原是几生修？"（十四）"闪闪银钉月满轮，金瓯补缺乐天伦。今当祖国双圆日，不用桃源再避秦。"（十五）"满面容光满面诗，芳龄二八正当时。生来明艳天然美，不点胭脂不画眉。"（十六）"初更已过复东升，霄汉连辉夜亦晴。若把蟾蜍比西子，美人已去月犹明。"（十七）"如钩若镜挂苍穹，一半高明一半空。今夜吴刚和月姊，不知谁在广寒宫。”（十八）“鼓打谯楼月二更，空中小姐玉亭亭。雍容华贵矜贤样，赛过蓝天万点星。”（十九）“谁把仙瓜窃一边？东寻西找过前川。高观上界低观水，半在池中半在天。”（二十）“月轮地轴最公平，昼夜循环不倦轮。一半照他一半我，光明分与两边人。”（廿一）“吾今鬓白变诗翁，曾是当年那小童。此日相逢君莫笑，月如无恨月常丰。”（廿二）“三响更锣月下弦，谪仙伐树树依然。天真欲向吴刚问：此是光年几万年？”（廿三）“一弯残月挂银钩，疑是仙翁钓夜秋。鱼不贪馋人不倦，果然物外没烦愁。”（廿四）“铜龙滴漏欲通宵，弦月姗姗入望遥。自褪银装天不管，轻纱帐里隐苗条。”（廿五）“银灯想是要加油，月魄依然挂五楼。寄语天街休长价，人间有电不须求。”（廿六）“素娥一自偷灵药，独守寒闺独犯愁。今夜关门虽早睡，五更犹恋暗回眸。”（廿七）“思凡惆怅把门关，一别尘寰又想还。寄语神舟当紧记：早迎月姊返人间。”（廿八）“夜幕沉沉罩五更，蟾宫今夜不开门。怪他豪放颠狂甚，带酒连樽共月吞。”（廿九）“羿弓饶月让妻奔，感得嫦娥泪叠痕。每过三旬偷一返，天规不怕怕忘恩。”（三十）

八

项东升（1935—2018），名旭，号半味斋主人，曾任安徽省全椒县奎光书院院长。著有《吴敬梓集系年校注》《半味斋集》等，诗颇佳，如《狱中答宏涛诗友》：“十日九风雨，泽中寂不喧。有诗酬楚客，无梦到桃源。丹凤遥天逸，乌鸢上苑骞。年来多少事，未可对人言。”

九

王翼奇，1942年生，字羽之，祖籍福建南安县，生于厦门市，现居杭州。诗词有奇气，兹录词数首。《减兰·悲挽熊鉴老》：“天南讣至，记起从游多少事。曾戴南冠，不碍诗成批斗间。 眉横双剑，一策山河还欲献。安用棺来，公嘱何妨站著埋！”《定风波·赠龚鹏程兄》：“望断台澎卌载中。蓬山消息石榴红。一水盈盈人不见。翻羡。峡云无迹任西东。 忽有清言惊四座。如堕。一丸凉月满襟风。且缓沧波东去棹。一吊。君家箫剑定庵公。”《清平乐·赋闲》：“江南许大。寻个闲处坐。兴到无端去则那。痛哭狂歌都可。 湖楼几日盘桓。清宵一枕沉酣。梦与渔樵闲话，醒来云水微寒。”《减兰·挽李汝伦先生二首》：“紫箫声咽，南国韶音从此绝。功在复苏，重续风骚草创初。 西溪晤对，话到苍生多涕泪。珍重遗文，中有悲歌燕赵魂。”（先生自述祖燕人。）“天南一柱，诗骨诗魂追屈杜。录我歌诗，风雨神州有所思。 前贤大美，当代如公能继起。河岳英灵，故国长呼赤子名。”《减兰·与客谈西湖与西溪》：“盈盈西子，浓妆淡抹参差是。水秀山明，也宜风雨也宜晴。 溪与湖比，未入吴宫或堪拟。秋雪芦漪，乱头粗服浣纱时。”

一〇

程极悦，1945年生，安徽歙县人，高级建筑师，长期从事徽州古建筑研究、保护工作。擅诗词，工篆刻，有《十驾楼词稿》。兹录两首。《河传》(序：丁未仲秋，为项厚轩先生镌“不疚斋”印。先生把玩不释，以为古拙。)：“书生狂耳，笑方圆规矩，平生难似。予唯拙哉，古朴不令人喜。倩谁扶，仓石起？　年来始识愁滋味。剩得闲情，浪作雕虫戏。何日致君，老了英雄壮志。可与言，三二子。”(1967年9月)《浣溪沙》：“往事惊心到眼前，谁怜离燕十三年。失声相问忽凄然。　憔悴怜卿梅结子，蹉跎笑我雪侵颠。此生再见可悭缘？”(1983年3月)

一一

项文谟，1950年生，安徽宿松人，善诗。录《金田起义一百五十周年祭》七律八首：“号众皈依拜上苍，金田聚义啸南荒。太平天国瓦岗寨，上帝信徒乌托邦。创业当知先略地，肇基何不缓封王。神仙智术谁成事，张角曾经震洛阳。”“破围闯阵旆旌扬，又见黄巢杀气张。卷地苍烟湘水黑，连天烽火楚云黄。血流漂杵垂杨岸，兵燹余灰瓦砾场。依旧江山开战局，楼船鼓角演兴亡。”“水陆扬威下建康，合当神速出濠梁。中原帝业经营处，直隶皇州问鼎乡。岂有豪情追项羽，更无雄略比刘邦。龙飞不过黄河岸，南面如何拥万方。”“金陵定鼎小天堂，玉树歌吹起未央。十里湖山扶绣户，九重日月近雕梁。方兴朝市繁华续，发迹王侯气焰张。宝马香车驰辇路，前朝陈药换新汤。”“龙盘虎踞固金汤，血肉长城卫浚隍。极欲穷奢真命主，飞扬跋扈并肩王。权臣角逐危机伏，悍党争锋剑弩张。半壁河山资保障，天京内讧起萧墙。”“洪氏衣冠列庙堂，冬烘头脑尽乖张。匹夫恣意专权柄，首辅终难振纪纲。社稷消磨空扼腕，长城自坏枉愁肠。孤臣负气辞金阙，晋室倾颓哭八王。”“阽危无计滥封王，坐拥孤城责守防。各领兵符征戍塞，互争雄长据鞍缰。集贤关外空狼燧，扬子江头漫血光。末路英雄姜伯约，回天无术叹生降。”“白骨黄茅旧战场，人烟寥落吊江乡。空壕废垒弓刀朽，剩水残山垅亩荒。秋气无边凋碧树，鸦声一片断斜阳。苍天偃卧黄天死，九域支分任列强。”周正环先生评曰：“文谟老师太平天国祭一韵八首，见解精到，气格高古，境界宏阔，寄托遥深。堪称咏史佳作！”

一二

张智深，1956年生，国家一级作曲家，能诗，著有《不觚斋吟稿》，诗有奇气，被称为“不觚体”。录数首。《下马石》：“独立皇陵侧，端居孔庙前。千官皆下马，一石冷无言。”《寄远》：“清宵孤月冷，有梦出罗帷。渺渺秋江上，风骑一叶飞。”《梦见亡兄何时中来访》：“十载忽还乡，倚门长不语。兄从何处来，披著清明雨。”《望黑龙江东故国领土》：“关山遥望朔云中，铁马王师梦已空。唯有西风心不死，年年欲雨过江东。”《古粗陶碗》：“尧沙禹土塑千年，总为寻常百姓餐。若使一朝空豆粟，翻来自可覆江山。”《李鸿章》：“兴工戡乱足风云，荣辱封棺未可论。黄海无声吞万死，春帆有泪溅孤臣。终蒙地厚重埋骨，何愧天倾一系身。宝剑遗篇风义在，千秋雀噪不堪闻。”（注：1.《马关条约》在日本春帆楼签署，李中堂当时老泪纵横。2.1958年“大跃进”

中，李被毁墓扬尸，如今建墓埋骨。3. 李绝命诗名句“秋风宝剑孤臣泪”。）

一三

叶青才，笔名叶静，1960 年生，安徽岳西人，散文家、诗人，著有《逗雨庐诗词》。性格爽朗，善饮，余曾有诗赞云：“凌云健笔非关酒，酒与诗情共一胎。”录其七律五首。《击棹》：“岸上无愁波里愁，百千纷绪叠眉头。青山共我思如漾，碧水与人横放舟。亹（wěi）亹行来知覆鉴，幽幽破去恣吟讴。平湖好作襟怀赋，莫向娇荷独试喉。”《开轩》：“凝寒风雨滞征鸿，望断青山岭半葱。瀑落犹疑声涮耳，花开忽觉色成空。敲钟人在红尘外，拜佛客于迷惘中。读罢禅诗归一阒，起看双鹭立梧桐。”《农民建筑工》：“莫觑耕农最底层，而今稳步作攀升。泥灰成画衣巾绘，热汗生盐背脊凝。邀月虽无行酒曲，拿云自有系乌绳。林泉隐处柴门远：万丈高楼我首登！”《谷雨》：“破谷惊春曾听无？田畦犁杖少人扶。老衰耆柳蛙鸣杳，嫩折初薹（tái）蝶去孤。风篆疏烟因我淡，锄翻瘦土倩谁腴。鹧鸪或未能啼出：种子成名要读书。”《溪行》：“幽禽共我语叽叽，拣尽潺溪与咽溪。揽芷素绒沾暖袖，分金黄菊别寒畦。人如卵石磨还滑，水似因缘趋且迷。九曲情肠牵到海，小村仍在鹭峰西。”

一四

崔德煌，江西九江人，善诗，诗风奥涩苍凉，录数首如下。《池塘小立》："爽气清初暑，荷飔（sī）水面生。枵桐侵砌重，拂柳度烟轻。月剪云衣破，林摇鸟梦惊。披襟登兀榭，远籁隐雷声。"《宿庐山白云饭店》："树隔天河近，门前涧自淙。晴峦方吐月，夜幕已含峰。灯送前崦墅，林摇远寺钟。黎明推绮牖（yǒu），窗外白云浓。"《读后感》："殊庭隔海竟相望，既霸丹墀（chí）寿应长。刘项还依陈涉力，江山终入沛公囊。为争夏鼎侯多乱，未就秦桥帝始亡。意执凭虚添药臼，空教徐福涉苍茫。"《夜归》："踉跄还念酒杯香，雾淡双湖带夜凉。水底月无天上亮，灯前影比自身长。繁街举火炊成市，僻巷规行铺作商。借过庾公消夜处，登楼能否共胡床。"《杂感》："江山鹿鼎总飞尘，一战功成旧易新。伯叔元来真义士，巢由未必是良臣。折兵垓下休言楚，逐客咸阳莫说秦。请看雷塘荒草碧，君王谁有寿千春。"

一五

高源，1982年毕业于湘潭大学中文系，现任深圳市长青诗社社长，工诗。《读史掩卷五题》之一："笔墨方家耳失聪，挥毫圈点不由衷。宫廷生态篇章滥，民瘼舆情段落空。宦海栖身藏魅影，沙场滴血笑英雄。聚光灯下三千载，八百王侯贯始终。"之二："读史伤神似火熏，行间字里滚风云。频燃烈焰三千丈，化作荒岗万座坟。后殿比拼成惨案，皇权篡夺谓奇勋。平和更替不曾有，整肃贪官是旧闻。"之三："昏花老眼话悲凉，乱世浮沉鬓染霜。万里流云云映血，百年多难难成殇。煎熬十载如新鬼，披阅三更暗烛光。纸上烽烟缭绕处，冤魂月夜每升堂。"之四："疏星暗淡烛光摇，独听江声卷晚潮。诗赋不吟难尽兴，天河欲渡却无桥。风吹苦雨黎民怨，血染残阳国土焦。史越千年随雾散，先贤与我共春宵。”之五：“天风吹过九重门，酥雨如金滴玉盆。东海惊涛吞落日，南疆翠绿入诗魂。三坟拂拭千年泪，五典藏留万里痕。汉瓦秦砖西北雪，春秋误我醉黄昏。”

一六

汪茂荣，1962年生，安徽桐城市人。持社社员，皖雅吟社社员，安徽省桐城派研究会理事。学殖深厚，善诗，著有《懋躬诗钞》等。录一首歌行《黄梅曲》：“巀嵲（jié niè）龙眠间气锺，才人百辈奋其中。文章振古名天下，却逊蛾眉一艺工。蛾眉生长湖山曲，饱吸山光饮湖渌。小字玲珑语最娇，明眸皓齿颜如玉。闾左居来家素贫，绳枢瓮牖甑生尘。耶娘离仳阿翁老，茹苦唯同麋鹿群。白虎山头春意闹，砍柴牧豕从吾好。芳草斜阳归去来，曼声初学黄梅调。黄梅新调出天然，辗转荆湖到皖垣。秦楼楚馆都歌遍，不及湖山有别传。遮绝湖山烽火外，崇文尚想承平态。入塾差能识字无？倾心终在郎花对。伐苇网鱼菜子湖，渔歌互答纵欢娱。莺喉宛转曳波起，毕竟鳌头属小姑。小姑惊艳何人识？柳下锻施陶冶力[①]。茶寮拜手礼明皇，著籍梨园殊自得。寒潭百尺一望遥，负米前曾踏翠涛。此日定场锣鼓起，压街看舞小蛮腰。

① 严凤英启蒙师严云高系打白铁匠，按家族辈分当呼严凤英为小姑。见王冠亚著《严凤英》。

小蛮颦笑波儿媚，万种风情传鼎沸。宗法森严莫恕饶，刀绳待汝将为毙。流离肖店复新安，菊部由来行路难。恰似吹箫兼托钵，红绡强拭泪阑干。豆蔻年华刚十五，妆成讨彩折腰舞。春江揽镜托微波，解佩谁为郑交甫？来从劫罅聚宜城，好佬多凭绝技鸣[①]。转益多师亲大雅，华鬘（mán）天女梦初成。桃代李僵侬不忝，绣帘开处美而艳。孽缘演绎唱平词，连日争传《小辞店》。沙吒雄豪慕玉真，名高强攘入侯门。投缳饮刃俱能了，要重女儿清白身。流落白门谁假藉？乌衣自有怜香者。灯前研艺缔良缘，月下凝眸赠罗帕。锺山青骨梦神奢，鼎革无心避世华。归去列宁装略就，奴家从此属官家。竞技海堧（ruán）穷窈窕，动人尤数《打猪草》。铅华不御陶金花，压倒深闺李清照。出谷新莺迁合肥，菱湖柳色总依依。阳关三叠都吟彻，只许他年驾鹤归。海上观摩精藻鉴，天仙哀感均顽艳。华年夺锦沐春风，影电摄成尤可念。狡狯略施调董郎，慧心纨质语难方。最怜临去秋波转，褫魄消魂莫可当。继起端推《女驸马》，劫波度尽情无价。风流倜傥胜须眉，佳境倘来如啖蔗。清歌传唱至夷洲，百万流人嗜莫俦。听到声情幽咽处，月明齐上望乡楼。名流四海达天听，豢蓄倡优防太盛。莫测恩威掩九州，腥风血雨众生病。深文周纳詟言奇，弱质谁怜五夜悲？吉网罗钳浑不管，由她人命贱如鸡。仰药抚膺生迫蹙，郎君束手两雏哭，生离死别在人间，戏外何如戏内酷？翻看兵子肆淫威，刳腹犹寻发报机。绝代名伶艰一死，备罹侵辱古来

① 黄梅戏称名角为好佬。

稀。沈冤十载终昭雪，网漏吞舟犹有说。肆赦虞廷钓誉高，颟顸那听鹃啼血。桐山风水画图开，帝遣巫阳招汝来。莫唱黄梅肠断曲，天荒地老有余哀。”

一七

伯昏子，本名眭谦，号由枿（niè）斋主人，江苏镇江人。著有《由枿斋吟稿》，檀作文为之作序云：“余与诸君子论伯昏子诗，尝作六字评语，一曰‘诗言志’，二曰‘丽以则’。”“志者，士之心也。伯昏子之志，一歌生民之苦，二吁民主自由。”概括精当。录诗数首。《再游红场》：“树余枯骨挺西风，早褪春寒雪尽融。大纛（dào）萧萧三色驳，颓钟隐隐半江空。人过阙下怜孤老，孰至陵前泣鬼雄。仰眺金鹰双影畔，宫墙犹染旧时红。”《少陵草堂》：“花溪淤曲水沉吟，庑廨（wǔ xiè）遥思气郁森。屋缀秋茅形旧构，云归暮燕寄新林。忧怀不愧文章事，乱世难移竹柏心。络绎寒祠造轩冕，人人争说是知音。”《登中山陵览眺》：“崇烟翠带两萦怀，络绎岂皆瞻仰来。扬子江声听木拱，台城柳色送潮回。环岑竞出峥嵘角，望气翻怜锦绣灰。寄眄东南瓯越外，沉浮风雨一隅哀。”《感时》：“日影扶桑下月氏，承平当惕卧薪时。莽夫惯渎神台石，伶女嬉披鬼子旗。论恕谁亏圣人道，悬颅可睹越王师。忍怜耆老疏黄发，恨把心哀问白痴。”

一八

柯雪明，安徽望江诗人，原是油漆工。1991 年到上海打工，偶遇同乡上海师范大学吴绍烈先生，经吴指点，柯雪明走上了诗词写作之路。吴曾赠柯云："不得已时方用典，最开怀处好吟诗。"柯诗颇有灵性，清新可读，如《宅家有寄》："窝在山村宅在楼，时听春鸟试新喉。梅曾有约难从约，酒若消愁不算愁。抖起精神防疫毒，拓宽诗境写晴柔。乡音总比吴音好，一曲黄梅小放牛。"《村居遣怀》："独爱清幽远市尘，小村占得四时春。繁花径里来回过，便作招蜂引蝶人。"《打工返乡》："飞车送我喜还乡，碾破朝阳碾夕阳。算算行程才过半，回家路比出门长。"《打工在外有怀》："桃花开又蜡梅开，客地奔波久未回。夜对东南遥放眼，一盘月自故乡来。"《红梅》："隐约霜风带暗香，红梅隔院送春光。世人错怪枝头杏，傲骨原来也出墙。"

一九

陶短房，本名陶勇，1970年生于南京，祖籍安徽泗县，旅居加拿大。诗词颇有特色。《少年游·星星，献给捐出角膜的已故七岁少年》："听听窗外卖糖声，小鸟叫轻轻。舍得离去？人间真好，那一线光明。　天堂要走多么远？别再泪盈盈。从此能拖兔子灯。到街角、数星星。"《过本拿比小河》："一眺重峦黛几重，小河筏乱水淙淙。裘单莫怨春情薄，此是他乡二月风。"《鹊踏枝·乌鸦》："冬亦温柔春亦好，腐鼠残羹，快活三分饱。一统江山千指草，王侯想也如斯了。　治国唯勤晨睡少，何物飞鹰，倏忽仍缥缈。此是禁脔争敢扰？料应惧我嘶和咬。"

二〇

杜随，20世纪70年代生，上海人，深于情，诗词多婉转悲凉之思。《四首（录二）》：“最好不相识，此言宁不闻？一年数与别，五内百回焚。天意高悬剑，人心易溃军。如何犹不舍，悲喜竟难分。”“知此无情世，徒然说至情。况君犹客旅，而我未成名。欲与无何与，将行得不行？行时莫回首，恐有泪纵横。”《归家》：“微风吹着白兰花，吹着青丝鬓影斜。此景几回浮眼底，天边月出想归家。归家有路路何赊，借我今宵梦作车。去往那年初夏夜，星灯萤火水之涯。”《生查子》：“同此晚风前，同此梨花下。记得结同心，记得言分舍。　一样晚风来，几度梨花谢。不恨薄情人，我亦无情者。”《浣溪沙》：“一树花开忽满林，雏莺几日解歌吟。东风多事动衣襟。　涂绿涂红童稚笔，变晴变雨女儿心。教人惆怅在春深。”

二一

王同岁，安徽怀远人，2023年获得安徽首届诗词大会冠军。能诗，如《清明节后补赏梨花》：“身许公门事不期，赏春节后未嫌迟。梨花赠我漫天雪，我欠梨花一地诗。”《题涂山望夫石》：“寂寞披霜雪，冰心未染尘。千年无怨石，万里不归人。涛语追帆远，鸿笺入梦真。南音为君候，何日画眉新？”《见某论坛吵架有感》：“文章好作品难修，况乃时人总气浮。有德有才方有道，无知无畏自无羞。爱心似雨滋三夏，恶语如霜冷一秋。今世情缘当善待，且将恩怨付东流。”

二二

王震宇，1975年生，辽宁省葫芦岛市人。曾师从孔凡章先生，著有《独笑楼诗存》。其诗清迥高浑，出手不凡。《书郑孝胥诗集后》:“矫哉海藏叟，当时不可少。天心与物望，瘦膊奋一扫。煎心扶危主，霸图不惮小。假道计已非，安澜奈身老。一败遂至此，名实两未保。使我后来者，无地哭宿草。平生郁勃气，折叠谧遗稿。精芒犹不灭，可争星月皎。”《过呼兰县萧红故居》:“满园秋花好，红黄多异态。石像花丛中，长辫一小妹。支颐俨多思，沉静殊可爱。缘何走风尘，旧家多抑塞。岂知人海深，所托非良配。身后数卷书，万里葬春黛。文学固天才，何必历磨淬。天才必若是，百艺则可废。焉能致两全，此理吾终昧。将去复平视，出门一长慨。”《观林散之书画》:“翁书吾不解，翁画吾能爱。淋漓元气生，佳境在纸背。自许诗第一，老有英雄态。斯世想斯人，流风杳难再。遗像何巍巍，足与青山配。名灭蓬蒿间，应嗟邵子退。”

二三

马春，1977年生，网名昨夜长风，号觉盦（ān），安徽无为人。旧学功底深厚，识力过人，是为才女。2013年作《述哀诗》18首，沉郁深挚，纪实而有历史感，特为录入。诗序曰：“吾父逝于2010年秋，归葬三年矣。乡人谓痛极呼父母，吾父去后，生者虽极痛，能呼者阿谁？三年前一字不能作，三年后谒墓，突兀得句，成一十八篇，寄此永思。固文字障尔，何所益于吾父身后？使吾父地下有知，正恐复以痴儿目之耳。”其一：“时已三年后，耳犹疑旧音。车前霜欲积，泉下冷休侵。还觉呼能应，终教声自喑。人生真易了，难了是伤心。”其二：“乙酉兵荒岁，父生多大难。安贫饶硬骨，落地便饥寒。嘈晬时流讼，辛劳氓隶瘅（dān）。讷言崇实事，于此启其端。”其三：“少年时亦苦，田垅几回奔。身在红旗下，谁甘白日昏。一钱真跪母，数载不窥门。大写题人字，初从求学论。”其四：“战斗以红色，出身论类群。十年冤鬼哭，百代积珍焚。祸近天难近，工分地未分。频频翻语录，下放有传闻。”其五：“车上谁家女，同乡又一奇。休云无浪漫，从此有涟漪。活计齐心学，后缘探访知。苦中多乐趣，不独在情丝。”其六：“苦尽逢新政，招工与结婚。无床借门板，添亮凿墙垣。报道铜陵地，关情桑梓根。此时初有我，子女本囚樊。”其七：“载得劳模誉，归来梅雨天。晓霞衣袂沐，夜月足音牵。斗室居三代，千般任一肩。至今亲戚里，说婿最推贤。”其八：“老辈恒多病，呻吟床榻间。奉之如待母，妥帖始开颜。风雨四年过，衰麻双鬓斑。古人言已学，尽力便能攀。”其九：“奉公勤到老，决事总雍容。艺作班输巧，学唯科技从。随车南与北，抢险夏和冬。为谢清谈客，敏行心所钟。”其十：“雪夜冲寒去，家中共不眠。新春沸人海，流水过车船。一一查排确，时时保障全。交通无小事，都似救头燃。”其十一：“日新垂古训，改制到芝城。货殖史迁传，盐梅丞相羹。投资称利好，劝退了争鸣。一任溪边柳，依然管送迎。”其十二：“老退玩明史，深嗟朋党非。夷门客谁是，燕市酒交稀。水也蛟矶泣，山曾亚父依。古今颠倒久，无欲破重围。”其十三：“新居称锦绣，恰近绣溪园。拱石桥常过，洗心亭可援。闲无车马迹，乐有友邻喧。时酌三杯酒，阳台绿意繁。”其十四：“三口便全家，相依敌岁华。乘除迷电露，变化到虫沙。痛哭终身是，分离逐日加。旧床归坐卧，此愿永称奢。”其十五：“嘱我爱生活，辛酸易箦言。两年扛绝疾，百苦积晨昏。天道岂与善，鬼神休复论。纸灰和泪尽，枭獍（jìng）最辜恩。”其十六：“松柏森罗碧，坟山杳合晴。三秋几来去，尺土一生平。小立移魂气，沉吟感杜蘅。归途风未了，心事百无成。”其十七：“世界微尘合，有身施者谁。斑斑余涕泪，兀兀系存思。梦入家人少，隙过驹影羸。九原难问讯，仰俯雁迟迟。”其十八：“父母生养我，匆匆三六年。寻常事虽琐，思忆痛如煎。父去长怜我，母存唯我怜。哀哉作人子，孝字写难全。”

二四

张明新，山东省齐河县人，善写咏物诗。佳者如《杨花》：“辞树树依依，随风风拂拂。徒教似雪飞，不是云中物。”《看牡丹》：“露重滋红朵，香多荡碧桠。篱边人想瘦，却爱看肥花。”《白海棠前口占》：“长叹人生短，百年犹未休。君看当岁树，才开即白头。”《花喜鹊》：“黑白衣虽辨，悲欢心不知。上林多好树，尔去正相宜。”《圆明园》：“一炬繁华成废丘，残桥拱恨绿烟愁。园中两者烧不死，野草心和石骨头。”又，新作《小酌浅吟》：“荣谢匆匆风雨催，有花有月且衔杯。哭中生又哭中死，一世焉知笑几回。”平凡的人生道理，以诗的形式表出，便得生命的真滋味。

二五

添雪斋，原名李晓眉，著有《添雪韵痕》等。其诗词似从李贺那里来，又揉进佛教思想，冷艳奇幻，别具一格。如《添雪梅花曲六首》："秋末霜严多肃杀，客心不奈急风刮。待之初雪起哀歌，一曲梅花过古刹。""随风起韵与谁说？玉骨冰颜任起灭。但令诸天知我空，与之一夜梅花雪。""梅花一夜说添雪，古径薄寒深瘦折。山色分于月色多，自将墨笔写清别。""托身瘦雪东风侧，吹散梅花多古色。孔性尧心方寸间，一枝清萼已难得。""冬风渐渺苦寻思，一得梅花句也痴。偶有蓑衣沾雪落，源于梦后未醒时。""本与东风占影斜，毫端更是可人些？故而舍我三生梦，结作今宵绿萼花。"《最高楼·夤（yín）夜缥缈的尺八声》："窅（yǎo）冥霜管，叩骨起轻寒。于瞬刻、满秋烟。时空晶壁谁人破，一声清促到人间。是风吹，在何处？在何年？　在天末、疏星云影下。在楼罅、宵行孤独者。心委蜕，梦燔燃。怀生夜气光为脉，世生万籁寂为言。我知它、将化蝶、在风前。"《减字木兰花·丁香》："偶然说过，落下丁香曾是我。去似流星，留得长空夜影青。　何年何月，无梦无烟之幻灭。世界如今，漠野寒风风里心。"（自注：丁香的花语：光辉、挚爱。别称：天国之花。）安乐堂谓"多妖氛但少生气"，可谓一语中的。

二六

欧铁辉，1976 年生，湖南宁乡人，微信名"信马由缰""养空道人"，善诗词。《疫中杂感》："人渐焦然发渐芜，城封不独我心孤。仓皇最是惊眠起，似有哀声听却无。”《立夏前二日谒曾文正公墓》：“哀荣备极盛当初，肯舍孤身济劫余。廊庙功推延国祚，门堂德率治家书。也曾毁诋凶屠似，复又旌崇圣哲如。无限幽怀凭一吊，残阳老树共唏嘘。”《山间小院夜饮得“群”字》：“不合时宜不合群，聊凭小酒换微醺。愁看狐鼠居城社，忍使空天满雨云。克敌岂唯施故技，欺人苟且造新闻。是今独有装聋瞽，省却无端费脑筋。”《临江仙·夏夜赏荷》：“日暮细风生水畔，吹来庭院清新。暗香牵我出家门。一池凭俊赏，知是有情人。　漫说中年多俗累，花开良夜堪珍。无端莫负等闲身。流光其澹澹，缺月也销魂。”

二七

王十二，1990 年生，本名王良才，安徽池州人，擅绝句，著有《王十二绝句三百首》。《建筑工》：“噪音环绕粉尘升，寒气侵来暑气蒸。直到大楼封顶日，底层人在最高层。”“底层人”就社会阶层而言，“最高层”就楼房而言，虚者乃实，实者乃虚，幽默之中别有意味。《清溪夜月》：“清溪如练夜如霜，宝镜磨成无处藏。复制一轮天上月，把他粘贴水中央。”“复制”“粘贴”乃新词，“月”“水”乃传统意象，新旧搭配水乳交融。《仙寓山瀑布》：“家在高山最上头，云中日夜不知休。一生都走下坡路，低到江河入海流。”诗家咏瀑布多写其高，写其气势，此诗独写其低，写其谦卑，可谓别出心裁。要之，王十二绝句颇具手眼，时见精彩。

二八

唐颢宇，1991年生，金陵人，小字海棠，斋号小狐仙馆。看其图片，喜穿黑白两种衣裙，瓜子脸，相貌清癯。诗词颇丰，才气超迈，喜写悲剧情境，如《涸辙鲤》：“长途到此已难迁，洞府深沉波浪艰。欲逆天风归大海，自冲江雨上孤湾。赤鳞零落残潮里，赪尾低垂落日间。尚想为霖倾涸泽，不知鼎镬最相关。”又《归自谣·深山述异》其一：“荒草苑。少女吹风天欲晚。雨来古瓦空窗满。 何人独立撑青伞。桃花面。垂眸忽化飞烟散。”《归自谣》：“啼夜鸟。小榻长窗寒雨绕。故人情薄难言了。 病中梦见红颜老。谁知晓。醒来头上生青草。”俱饶鬼气。刘梦芙先生云：“海棠情况特殊，长期身体不适，她说以诗为生命，诗是与病魔斗争的武器。”“料应厌作人间语，爱听秋坟鬼唱诗。”“海棠诗词天分很高，这样的女性灵心善感，但经不住人生旅途中的挫折。宜多读圣贤哲理之书，以开拓胸襟，树立风骨，所谓向上一途，善养浩然之气，则愁郁渐消矣。”

二九

李俊儒，1998年生，字汉仪，号少白轩，湖南常德人。诗甚佳，录数首。《黄昏乘机之滇作》：“恍堕虚空境，横穿太始中。云生千嶂白，日衍半天红。万里须臾近，一槎河汉通。滇西未为晚，犹自吐长虹。”《宿泸沽湖》：“潮来星海寂，大月正孤悬。环屿灯如晕，一篱村自烟。人携山共卧，天与岸相连。随意轩窗下，听风侍此眠。”

卷七　鉴赏与批评

一

歌德说："鉴赏力不是靠观赏中等作品而是要靠观赏最好作品才能培育成的。"（《歌德谈话录》）所谓取法乎上，诗的鉴赏力也要靠观赏最好的诗才能培育。

二

朱光潜在《诗的意象与情趣》一文中说："诗不但不能翻译，而且不能用另一套语言去解释。诗本身就是它的唯一的最恰当的解释。翻译或改作，如果仍是诗，也必另是一首诗，不能代替原作。"说得好。解释乃是不得已而为之，所以古人提倡"悟"，提倡"诗读百遍，其义自现"。

三

诗坛点将录始自清代舒位《乾嘉诗坛点将录》。近代汪辟疆有《光宣诗坛点将录》，范镛有《当代诗坛点将录》，朱祖谋有

《清词坛点将录》。当代钱仲联有《浣花诗坛点将录》《顺康雍诗坛点将录》《道咸诗坛点将录》《近百年诗坛点将录》《光宣词坛点将录》（后易名《近百年词坛点将录》）《南社吟坛点将录》，凡六种。刘梦芙有《五四以来词坛点将录》。冯永军有《当代诗坛点将录》。

四

如何判断诗中好句？四川邓小军先生在一次讲座中提出三条标准：一、词句警人；二、描写传神；三、言有尽而意无穷。符合其中一条即为好句。如何训练判断力？邓先生说有两个步骤：一、每读一诗，不假思索地判断最好句；二、有条理地说出所以然。

五

赵翼《瓯北诗话》重点论述唐宋以来十家诗人，他们是李白、杜甫、韩愈、白居易、苏轼、陆游、元好问、高启、吴伟业、查慎行，突出他们的创新精神。民国胡怀琛著《中国八大诗人》（1925年版），所论八位诗人是：屈原、陶渊明、李白、杜甫、白居易、苏轼、陆游、王士禛，则是综合考虑他们的诗歌成就和影响。如果列十大诗人，可在此八大诗人基础上加黄庭坚、郑珍可也。

六

《诗经·卫风·氓》第三章有云："于嗟女兮，无与士耽。士之耽兮，犹可说也。女之耽兮，不可说也。”是乃弃妇深自愧悔之辞，且有告诫之意。为什么要这么说呢？大抵而言，女性偏于感性，容易为情所困；男性偏于理性，容易走出感情的漩涡。这是老天爷的意思，无所谓好坏。但在男权社会，应该尊重和保护女性。这也说明在先秦，人们就认识到男女在爱情中的差异，并且写入诗中。

七

《诗经》中的《蒹葭》一篇，蒹葭、白露、河水、沙洲等形象都很具体，但人物、事件都虚化了，伊人是什么形象？为什么追寻伊人一会儿逆流而上，一会儿又顺流而下？皆不得而知，惝恍迷离，空灵蕴藉，单个意象清晰，整体意境朦胧，可谓中国最早的朦胧诗。

八

陶渊明《饮酒》（其五）：“结庐在人境，而无车马喧。问君何能尔？心远地自偏。采菊东篱下，悠然见南山。山气日夕佳，飞鸟相与还。此中有真意，欲辨已忘言。”是千古名篇。“心远”“悠然”“真意”是关键词，围绕三个关键词解读该诗，八九不离十。

九

陶渊明《饮酒》（其五）有云：“采菊东篱下，悠然见南山。

山气日夕佳，飞鸟相与还。”《归去来兮辞》亦云：“时矫首而遐观，云无心以出岫，鸟倦飞而知还。”黄昏时的南山、云气、飞鸟，万古如斯，人们不以为意。然试玩味之，想象之，不觉嗒然忘我，灵魂出窍。

一〇

“池塘生春草，园柳变鸣禽”，谢灵运诗句，元好问评曰：“池塘春草谢家春，万古千秋五字新。”“野火烧不尽，春风吹又生”，白居易诗句，顾况大为赞赏。谢诗咏草之鲜活，白诗写草之顽强，都写得生机勃勃，诗亦不朽。

一一

很多诗句单句理解容易出错，须两句连读方得正解。如：“李陵苏武是吾师，孟子论文更不疑。”（杜甫《解闷十二首》其五）“李陵苏武是吾师”乃孟子（孟云卿）论诗之语，“吾”系孟子自指，非杜甫也。“塔上一铃独自语，明日颠风当断渡。”（苏轼《大风留金山两日》）下一句即塔铃之语。翁方纲《石洲诗话》言之，特为拈出。

一二

翁方纲《石洲诗话》卷一云：“龙标精深可敌李东川，而秀色乃更掩出其上。若以有明弘、正之间，徐迪功尚与李、何鼎峙。则有唐开、宝诸公，太白、少陵之外，舍斯人其谁与归？司空表圣之论曰：'杰出于江宁，宏肆于李、杜。'信古人不我欺也。"观其意，是说唐开元、天宝年间，王龙标可与李太白、杜少陵三足鼎立。王龙标诗固佳，只不知欲置王右丞于何地。

一三

《石洲诗话》云："戴容州尝拈'蓝田日暖，良玉生烟'之语以论诗，而其所自作，殊平易浅薄，实不可解。"这只能说明戴叔伦向往此境界，而其诗实不能至。能配得上此语者，首推王右丞。

一四

孟浩然《春晓》："春眠不觉晓，处处闻啼鸟。夜来风雨声，花落知多少？"既有惜花的心情，也有对春天的美好感受。1980年，吴奔星先生撰文说："要抓住'夜来风雨声'，当然是狂风暴雨。作为植物的百花既然遭到摧残，作为动物的百鸟当然也难免受到冲击，从而所谓'处处闻啼鸟'，实际已暗示着：巢破知多少！巢既被毁，鸟无所归，它们的哀啼惨叫，自然处处可闻。破巢知多少和花落知多少构成的画面，既不'明媚'，更不'优美'，只是诗人对狂风暴雨冲击春鸟春花所流露的极其深挚的惋惜之情。"认为是"他眼见大好春光遭到破坏或损害"而"大声疾呼"。这种解读是自由联想，已与原作没有关系。

一五

李白《望庐山瀑布》："日照香炉生紫烟，遥看瀑布挂前川。

飞流直下三千尺，疑是银河落九天。”徐凝《庐山瀑布》：“虚空落泉千仞直，雷奔入江不暂息。千古长如白练飞，一条界破青山色。”苏轼作绝句评此二诗云：“帝遣银河一派垂，古来唯有谪仙词。飞流溅沫知多少，不与徐凝洗恶诗。”李诗雄奇浪漫，有盛唐气象。徐诗刻露，固不能与李诗相提并论，然徐诗后两句颇具绘画美，非一般人所能到。坡老评为“恶诗”，亦过矣。

一六

杜甫《赠李白》绝句：“秋来相顾尚飘蓬，未就丹砂愧葛洪。痛饮狂歌空度日，飞扬跋扈为谁雄？”清人蒋金式评曰：“是白一生小像。公赠白诗最多，此首最简，而足以尽之。”（杨伦《杜诗镜铨》卷一引）后人多以为此诗纯写李白，实则不然。清人王嗣奭评曰：“前二句两人共之，三自谓，四谓李。……此友朋交儆之词也。”（《杜臆》卷一）郭沫若评曰：“实际上杜甫是同样好仙，同样好酒，同样‘痛饮狂歌’，同样‘飞扬跋扈’的。……《赠李白》那首七绝，决不是‘李白一生小像’，而是李白与杜甫的双人合像。”（《李白与杜甫》）莫砺锋评曰：“此诗不是‘交儆之词’，而是慨叹之词，也不是‘白一生小像’，而是李、杜二人的共同写照。因为诗中所写的‘飘蓬’和‘未就丹砂’正是李、杜此时的共同经历，‘痛饮狂歌’是二人的共同举止，‘飞扬跋扈’也是二人的共同神态。总之，这首诗虽是赠李白的，但其中含有浓重的自抒怀抱的感情成分，所以也不妨看作是杜甫的自我画像。”（《杜甫评传》）从王嗣奭到郭沫若再到莫砺锋评此诗是一条线，合而观之方得正解。

一七

杜甫《漫兴九首》其一："眼见客愁愁不醒，无赖春色到江亭。即遣花开深造次，便觉莺语太丁宁。"因客愁不醒，便觉春光无聊，花开仓促，莺语啰唆。《江畔独步寻花七绝句》其六："黄四娘家花满蹊，千朵万朵压枝低。留连戏蝶时时舞，自在娇莺恰恰啼。"因心情愉快，便觉春花秾艳，蝴蝶欢欣，莺声悦耳。春花春鸟本无分别，而两诗情境反差如此，是王国维所谓"有我之境，以我观物，故物皆著我之色彩"(《人间词话》)。

一八

杜甫《登兖州城楼》："东郡趋庭日，南楼纵目初。浮云连海岱，平野入青徐。孤嶂秦碑在，荒城鲁殿余。从来多古意，临眺独踌躇。"清初黄生《唐诗摘抄》云："碑已不在，殿已无余，此临眺时所以怀古情深也。本不在而言'在'，实无余而言'余'，此诗家之妙旨；言'在'而实不在，言'余'而实无余，此读者之善会。"这种解释殊不通。"在"即是存在；"余"意即残存。颈联意谓：峄山上的秦碑还在，秦始皇早就没了；鲁恭王不在了，曲阜故城的灵光殿尚残存。此联导出尾联的怀古之意。

一九

描写是小说家的基本功，也应该是诗人的基本功。杜甫是诗圣，他的描写能力也是一流的，长篇如《彭衙行》《北征》，短篇如《望岳》《画鹰》等都善于描写，而且比小说更加简练。

二〇

贺知章《咏柳》："碧玉妆成一树高，万条垂下绿丝绦。不知细叶谁裁出，二月春风似剪刀。"关于"碧玉"，有两种解释。一种解释为碧绿色的玉，乃比喻。一种认为是用典，指晋汝南王宠妾刘碧玉，孙绰《情人碧玉歌》所咏者。后一解胜。从用典角度看，第一句"碧玉"指人，第二句将柳条比喻成"绿丝绦"，顺承第一句，美人身上垂挂"绿丝绦"，很自然。从比喻的角度看，第一句的"碧玉"指物。这样第二句等于说物（碧玉）上垂挂"绿丝绦"，不够自然。再者，柳树的树干与碧绿色的玉也不相类。

二一

岑参诗结尾略有数种。一、以议论结，如"功名只向马上取，真是英雄一丈夫"（《送李副使赴碛西官军》）。二、以抒情结，如"一生大笑能几回，斗酒相逢须醉倒"（《凉州馆中与诸判官夜集》）。三、以写景结，如"山回路转不见君，雪上空留马行处"（《白雪歌送武判官归京》）。以景结为最佳。

二二

韦应物《滁州西涧》："独怜幽草涧边生，上有黄鹂深树鸣。春潮带雨晚来急，野渡无人舟自横。"南宋谢枋得评曰："幽草而生于涧边，君子在野，考槃之在涧也。黄鹂而鸣于深树，小人在位，巧言之如流也。潮水本急，春潮带雨，其急可知，国家患难多也。晚来急，危国乱朝，季世末俗，如日色已晚，不复光明也。野渡无人舟自横，宽闲之野，寂寞之滨，必有季世之才，如孤舟之横野渡者，特君相不能用耳。”（《注解章泉涧泉二先生选唐诗》卷一）此乃穿凿附会，过度阐释。谢大约借韦诗说自家身世，不合此诗风格。清初黄白山善解诗，但其《唐诗摘抄》亦沿此说，怪哉！

二三

刘禹锡、白居易在扬州见面有诗赠答。白居易《醉赠刘二十八使君》：“为我引杯添酒饮，与君把箸击盘歌。诗称国手徒为尔，命压人头不奈何。举眼风光长寂寞，满朝官职独蹉跎。亦知合被才名折，二十三年折太多。”刘禹锡《酬乐天扬州初逢席上见赠》：“巴山楚水凄凉地，二十三年弃置身。怀旧空吟闻笛赋，到乡翻似烂柯人。沉舟侧畔千帆过，病树前头万木春。今日听君歌一曲，暂凭杯酒长精神。”刘诗中的“沉舟侧畔千帆过，病树前头万木春”可谓警句。这一联的本义：应和白乐天赠诗中的“举眼风光长寂寞，满朝官职独蹉跎”，对比描写自己的沉沦困顿，别人的无限风光。这一联的象征义：自然界的新陈代谢、社会历史的人事更迭，与刘禹锡“芳林新叶催陈叶，流水前波让后波”意蕴相似，通达超脱，富于哲理。综合本义和象征义，刘诗形象、意蕴丰富，白诗直白说理，刘诗更有境界，高于白诗。白

居易也称赞这两句诗“神妙”，“在在处处应有灵物护之”（《刘白唱和集解》）

二四

南宋胡仲弓《竹夫人》诗：“虚心陪燕寝，不受虢秦封。唯有冰霜节，全无云雨踪。李娥书旧恨，湘女敛愁容。却是专房宠，无人妒阿侬。”写竹夫人精切而有趣，手段高明。

二五

南宋张道洽《岭梅》诗：“到处皆诗境，随时有物华。应酬都不暇，一岭是梅花。”空洞、抽象，没有梅花的具体描写，前三句意思重复。清张景星等将这首绝句选入《宋诗别裁集》，不知何故。

二六

汤显祖《有友人怜予乏劝为黄山白岳之游》诗云：“欲识金银气，多从黄白游。一生痴绝处，无梦到徽州。”有人不察诗意，以为后两句是赞语，拿来宣传徽州。桐城汪茂荣先生曰：“所谓痴者，即是迂也、不通世务也。徽州多为宦为商者，汤氏说自己一生痴绝，连做梦都不曾到徽州，实是指自己并不羡慕徽州人那样的荣华富贵。明为自嘲，实为自负。”此方是正解。

二七

明代祁顺《过荻港寻亡女细三墓》：“花埋尘土玉沉渊，往事伤心已十年。别去难忘亲骨肉，重来愁见旧山川。寒烟宿草孤坟外，野树悲风古驿前。吾母白头犹念汝，天南相隔路三千。”诗写对亡女的悼念，感人至深。韩愈曾说“愁思之声要妙”“穷苦之言易好”，然亦须手段。该诗前两联从时空角度写悲情，颈联以环境描写烘托悲情，尾联写祖母的思念，宕开一步，仍是写悲情。诗写伦理亲情，将祖孙三代联系起来，层层渲染，效果极佳。

二八

诗有不合常理而不可解者。“春阴桑叶白，日暖柳花香”（柴绍炳《酬毗陵刘庆云湖上见赠》），桑叶非白，柳花无香，何以言桑叶白、柳花香？非神思恍惚难以言此。“客久才逾老，思深梦转疏”（陈玉堪《闻董文友已在山东》），俗话说日有所思夜有所梦，“思深梦转疏”亦不可解。

二九

王国维《浣溪沙》词：“本事新词定有无。斜行小草字模糊。灯前肠断为谁书。　隐几窥君新制作，背灯数妾旧欢娱。区区情事总难符。”该词写一个女性窥视丈夫写作而有此感。她将丈夫所写的新词与自己的本事相比照，觉得新词与他们的情事不符。可以推测，丈夫另有隐情。该词角度特别，感情微妙，颇有创意。顾随先生说：“这首词很怪……可视为静安自己批评自己之作，两重人格。”（《驼庵诗话》）似觉迂远。

三〇

山水诗能写出对象的特点方为合格，含有情趣或理趣则更佳。余曾作《珠峰》绝句：“积雪千重岭万重，撩开雾锁破云封。高原浩瀚根基厚，造就人间第一峰。”在写出珠峰特点的基础上有所发明。周啸天先生《珠穆朗玛峰》绝句：“八千米雪柱晴空，休把寒冰语夏虫。剧怜孔子小天下，未识人间第一峰。”《孟子·尽心》说孔子“登泰山而小天下”。该诗替孔子惋惜，也有所发明。杨逸明先生《题喜马拉雅山脉》绝句：“雪域神奇多少山，无名无字耸云端。随移一座中原去，五岳都须仰首看。”该诗也有所发明，但给人的印象更深，为什么？顾随说过“说明不如表现”（《驼庵诗话》）。前二诗结尾是说明，杨诗结尾是表现，且富于想象力。

三一

唐边塞诗盛极一时，然心态各异。“宁为百夫长，胜作一书生”（杨炯《从军行》）是一种心态，“早知行路难，悔不理章句”（王昌龄《从军行》）是一种心态，“醉卧沙场君莫笑，古来征战几人回”（王翰《凉州词》）是一种心态。后一种心态意蕴丰富，最耐人寻味。

三二

马识途《劲竹》诗：“劲竹生来多自爱，蛰居瘠壤却森森。何能伟干冲天立，赖有盘根入地深。未出土时先有节，及凌云处尚虚心。坚贞一旦为人识，排闼出山荷重任。”自古至今，咏竹之诗不计其数，佳句亦复不少，如“月明午夜生虚籁，误听风声是雨声”（唐彦谦），“千磨万击还坚韧，任尔东西南北风”（郑燮）等等，老题材欲出彩亦难。试读马识途《劲竹》，首联平平道来，于不经意间埋下疑问，在贫瘠的地方竹子为什么长得茂盛呢？颔联以流水对作答，那是因为竹子的根扎得深，根深才能叶茂。颔联已经略有起色，但仍在为后面蓄势，为佳句的出现做铺垫。颈联“未出土时先有节，及凌云处尚虚心”，异峰突起，教人眼睛一亮。小时存气节，高处尚虚心，将竹子的节操和品格写到了极致。“未出土时”承“盘根入地”，“及凌云处”承“伟干冲天”，咏物精当，对仗工整，足以流传后世。像一支球队里有球星一样，律诗有一联精彩句足以使全篇生色，令人精神为之一振。尾联将劲竹当作能担大任的人才，缴足题意。按，“未出土时先有节，及凌云处尚虚心”实有所本。宋代徐庭筠《咏竹》有云：“未出土时先有节，便凌云去也无心”，马识途改动下句四字，更切合竹之特点，对仗更工整，可谓后出转精。

三三

何郝炬《生查子·攀枝花》：“春来花自开，秀色映山谷。枝上喜攀援，凝重出尘俗。　千峰沉睡迟，感此破幽独。岂待叶相扶，却让花催绿。”此系咏物词，所咏之物攀枝花即木棉花。木棉树高可达三十多米，二三月开花，花先于叶，雄伟的枝干上缀满红硕的花朵，极为壮观。词写早春的山谷里，木棉花冒寒盛开，打破幽寂，使沉睡的山谷鲜亮起来，生机盎然。该词妙在结尾两句：“岂待叶相扶，却让花催绿。”俗话说“好花还得绿叶扶”，而木棉花不用绿叶相扶，先叶开花，然后催生出绿叶，改变了常规。诗人于不经意间有所发现，有所醒悟，读者也仿佛第一次发现似的，不禁欢喜赞叹。我们说写人得其神，咏物得其趣，方为佳作。该词将木棉花拟人化，写出花的个性和热情，写出新意，得物之趣，是其成功之处。不过，该词在描写木棉花的形貌上略有缺憾，即没有写出它的色彩，使其形象不足。试看前人写木棉花，“最怜三月东风急，一路吹红上驿楼”（杭世骏），“亭亭十丈霭春烟，冠岭真同火树燃”（丘逢甲）等等，一般都会写出它的红色特征。如若可改，将“秀色映山谷”换成“火色映山谷”即可。

三四

滕伟明《阿母》：“坠叶飘窗夜已阑，几番叩问得无寒。可怜我已垂垂老，阿母一如襁褓看。”母爱是文学永恒的主题，歌咏母爱之诗多矣，最为脍炙人口的莫过于孟郊的《游子吟》。将滕伟明此诗置诸名篇之中也毫不逊色。初读此诗，心弦铿然一声，感动得几欲泪下。该诗截取日常生活中一个片段、一个细节写母爱：在深秋或初冬的一个深夜，树叶飘坠，击打窗棂。诗人还没有睡，可能在伏案读书、写作、编稿。因为坐得太久，母亲关心孩子，几番询问冷不冷。诗人灵光一闪，心想，自己已经垂垂老去，但在母亲眼里，还像襁褓中的幼儿一样需要呵护、照顾啊。容颜在衰老，母爱依然年轻；时光在流逝，母爱光辉永存。俗话说，不管儿女多大，在父母眼里都是小孩。诗人在此基础上推进一步，不只是小孩，简直像婴儿，语带夸张，但合情合理。好诗不过近人情，《阿母》将伦理亲情写到极致，故能动人。该诗也能给我们有益的创作启示：多关注身边的人和事，抓住生活中的细节和片段，以小见大，由此及彼，远胜于凌虚蹈空，人云亦云。

三五

滕伟明《斗室》诗："君怜居斗室，我喜得勾栏。三步行天下，两儿充百官。河东常怒吼，江左且偏安。些小兴亡事，无劳雅士看。"计划经济时代，实行福利分房，干部级别高、官职大的分好房、大房，级别低、官职小的分差房、小房，甚至分不到房子，只能住集体宿舍。刘震云的小说《单位》便将两对小夫妻合住一套房子的尴尬痛苦表现无遗。诗人困处下僚，只能分得狭小的房子，故云"斗室"。如何写困处斗室的苦恼？诗不能像小说那样铺展开来，不能做生活化的叙述，而必须在立意、视角或修辞等方面取胜。"勾栏"古代指戏曲演出的场所，此诗的立意便在"勾栏"二字，由此展开联想足成一首五律。诗人居住的"斗室"恰如旧戏台大小，更觉人生如戏，戏如人生。诗后有注释云："戏曲导演术语：'三步天下，四卒千军。'能悟此理，方知舞台调度。"别人怜悯诗人居室狭小，但诗人却说"喜"。身居斗室，却像帝王一样胸怀天下，两个孩子便代表文武百官。因为住房不顺心，妻子常发牢骚，自己偏安一隅，犹如东晋、南宋小朝廷。诗人故意小题大做，自我调侃，将一言难尽的尴尬化作轻松的幽默，让人会心一笑，实则为一种看破、放下的人生智慧。结云，这里演出的历史兴亡之事都是小事，不值一提，不劳雅士观看。总之，全诗紧扣“勾栏”展开想象，以戏喻人生，小题大做，又将大化小，化俗为雅，举重若轻，允称佳作。

三六

2017 年 4 月，皖雅吟社成立。刘梦芙先生作《皖雅吟社成立，赋此与社友诸君共勉》四首，其一：“不尽江淮水，滔滔亘古奔。沧桑怀故国，风雨祭骚魂。初树新军帜，毋忘列祖恩。天都登峻极，高咏挹朝暾。”其二：“诗有桐城派，刘姚世代尊。同光曾嗣响，鸿雪尚留痕。薪火绵绵续，云雷郁郁屯。青眸瞻后起，巨笔拓乾坤。”其三：“词苑思先哲，于湖辟境宽。扁舟邀月饮，长剑倚栏看。万象为宾客，孤光照胆肝。吾侪应继志，飞将再登坛。”其四：“陌上风初暖，烟含柳色青。诗宜花烂漫，词爱玉珑玲。结社莺求友，摩云鹤展翎。未须嗟发白，窈窕望春星。”第一首总起，言结社大旨，高屋建瓴。第二首点皖籍诗之代表桐城派诗，第三首点皖籍词之代表张孝祥词，二三首承首章之“骚魂”“列祖”。第四首以期望收笔。又，“新军”“薪火”“吾侪”“结社”云云，首首联系结社之事，一线贯穿，结构清晰，浑然完整，颇有章法。

三七

陈如江先生《古诗指瑕》一书专门辨析古人诗之毛病，于学诗赏诗颇有助益，然该书亦有瑕疵。杨万里《闲居初夏午睡起二绝句》之一云："梅子留酸软齿牙，芭蕉分绿与窗纱。日长睡起无情思，闲看儿童捉柳花。"该书《时空错乱》一篇云："'日长睡起'承'梅子留酸'而来，时间未变，但所对应的空间却是'儿童捉柳花'，初夏之际，安得复有柳花可捉？诗人之失检如此。"实乃冤枉古人。柳花春末夏初均有，古诗中也屡见不鲜，如邵亨贞《贞溪初夏六首》有云："雨后深林竹笋肥，渡头风急柳花飞。"陆深《初夏四首》有云："入砚柳花还碍笔，扑帘槐雨欲沾衣。"华兰《江乡初夏即景》有云："细雨新晴斜日好，柳花桥畔卖鲥鱼。"于此可见体物不可不细，断语不可不慎。

三八

湖南危勇《咏鸡》诗："鸡，鸡，鸡，尖嘴对天啼。三更呼皓月，五鼓唤晨曦。"据说此诗获第二届"农民文学奖"。"三更呼皓月"，这不是半夜鸡叫吗？殊不正常，可改"四更呼皓月"。有学生不同意我的意见，认为这首诗很好，后两句对仗工整，整体音韵和谐。可见诗之格律作用大矣，有时可以掩盖内容之不足。

三九

湖北诗人段维《时序》诗："绿肥红瘦本寻常，拥过朝阳又夕阳。最美年华是花甲，身心解放到无疆。"花甲，指六十岁，当今之退休年龄。“最美年华是花甲”，新颖独到；“身心解放到无疆”，真人生之一大快事也。

四〇

安徽诗人王十二《出池州站》诗：“一车开动万山围，有客离家有客归。我与大山不同路，大山后退我前飞。”绝句的出彩一般都在结句，此诗亦然，但不可忽视一二句的铺垫酝酿功夫。此诗借山与人的相对运动，写离家之感，不停留在一般诗作的趣味性上，跳出他人窠臼，颇为难得。

四一

日本诗僧天境灵致《鸡冠花》诗云：“冠冕秋英占小庭，迎风翠叶振疏翎。篱边带露天将晓，误尽旁人侧耳听。”诗风似杨万里，有趣味。“天将晓”三字铺垫得好，故结句觉自然。

四二

徐鹏教授在《于湖居士文集·前言》中说：“其实张孝祥的诗是写得比较呆板笨拙的，远远及不上苏诗的豪迈奔放和富有新意，而他的词的风格确接近苏轼。”张孝祥的诗名被其词名所掩，诗的确不如苏轼，但也不至于“呆板笨拙”。试举数例，古诗如《月之四日，至南陵，大雨，江边之圩已有没者。入鄱阳境中，山田乃以无雨为病。偶成一章，呈王龟龄》：“圩田雨多水拍拍，山田政作龟兆拆。两般种田一般苦，一处祈晴一祈雨。去年水大高田熟，低田不收一粒谷。只今万钱籴一斛，浙西排门煮稀粥。圣神天子如尧汤，曰雨而雨旸而旸。天公广大岂有意，尔自作孽非天殃。”七律如《午憩道傍人家》：“一崦人家竹树凉，午阴深处著胡床。石泉政似煮茗沸，稻花已作炊粳香。梦到家园归自好，起寻官路去何长。尘埃满面迎西日，底处青山是故乡。”五律如《简寂观》：“瀑水流红叶，荒祠琐翠微。紫霄人不到，白鹤事全非。苦笋今年少，黄冠竟日饥。摩挲石龙柱，伫立为歔欷。”七绝如《舟中》其一：“扁舟东去几时还？身寄云涛泱漭间。一夜橹声鸣到晓，觉来满眼是它山。”《漪澜堂》：“水漫春洲到处通，樯竿无数插空蒙。主人只爱堂前木，不放庐山入眼中。”《题赵知府墓》：“翁仲无声石马闲，墓门萧瑟锁青烟。故人仰卧青松下，落日孤村闻杜鹃。”皆精美灵动，情味隽永。评价一位诗人当以其佳作为标准，不以其劣作为衡定。

四三

清末民初郭曾炘（xīn）有《杂题国朝诸名家诗集后》论诗绝句124首、《续题近代诗家集后》论诗绝句6首，为大型组诗。谢海林先生为之作详细笺释，出版《郭曾炘论清诗绝句笺释》，厥功甚伟。绝句第22首云：“北宋南施抗手难，翩翩司李早登坛。红桥当日多名士，肯信《谈龙》论不刊？”谢笺云：“此咏王士禛，谦称难与宋琬、施闰章相抗衡，实则年纪轻轻便蜚声诗坛，执牛耳数十年，主倡‘神韵说’，却被外甥赵执信切中流弊！”注释结尾云：“郭曾炘身逢乱世，对杜甫尤为推崇，故赞同赵氏之说，而对神韵派末流有所批评。”此笺注似是误解了“肯信《谈龙》论不刊”之意，此句可译为“怎肯相信《谈龙录》是不可改易之论？”即不相信赵执信的议论。

四四

清代诗人舒位《瓶水斋诗话》有一则云：“方灵皋谓曹操‘对酒当歌’一首，是为孔北海而作。篇中‘但为君故，沉吟至今’，盖欲杀之心久矣。”按：查《后汉书·孔融传》等史料，无法得出这样的结论。孔融恃才放旷，常引经据典非议曹操，操亦忌恨之，早有杀融之心，都可以理解。如果说此诗为孔融所作，则“越陌度阡，枉用相存”“周公吐哺，天下归心”均不可解。可见解诗当顾及全篇，不可断章取义。

四五

刘禹锡《和乐天春词》云：“新妆宜面下朱楼，深锁春光一院愁。行到中庭数花朵，蜻蜓飞上玉搔头。”林语堂在《中国人》一书中论及此诗，说刘禹锡通过暗示技巧描写宫女的香味：“这些诗句使读者联想到玉簪和宫女自己的艳丽和香味，这种艳丽和香味甚至使蜻蜓都产生错觉，不辨真伪。”在上海辞书出版社出版的《唐诗鉴赏辞典》中，赵其钧先生也有类似的阐释：“还暗示了这位女主人公有着花朵般的容貌，以至于使常在花中的蜻蜓也错把美人当花朵，轻轻飞上玉搔头。”余以为这些解释都偏离了原意。蜻蜓并不采蜜，花的香艳对蜻蜓没有吸引力。蜻蜓喜欢停驻枝端叶顶，杨万里诗云“小荷才露尖尖角，早有蜻蜓立上头”，小荷尚未开花，蜻蜓不是奔着花而来，而是喜欢停驻于小荷的尖角。刘禹锡诗中所写的女子因无以排遣春愁，痴立于院中数花朵，蜻蜓便飞上了玉簪之尖端。该诗不是要赞美女子的美丽，而是要写其愁情，结句实乃暗示女子凝神伫立之久。

四六

程千帆、孙望《日本汉诗选评》选入释日政《饥年有感》一诗:“八月雨犹少，引流理水车。途穷人弃子，林瘦竹生花。荒草穿龟背，乱虫入犬牙。自惊清福足，香饭及芳茶。”书中注释“犬牙”云:“形容农作物高矮不一，杂乱无章。”误。诗中的“犬牙”典出《后汉书·鲁恭传》:“建初七年，郡国螟伤稼，犬牙缘界，不入中牟。”言鲁恭为中牟令，行教化，施仁政，化及鸟兽。邻郡发生虫灾，但害虫缘着犬牙交互的边界，不入中牟县。释日政诗反用其意，因为干旱出现虫灾，害虫越过犬牙交互的边界，进入邻郡了。“荒草穿龟背，乱虫入犬牙”之“龟背”“犬牙”均为借喻，分别喻指龟裂的土地和犬牙般的边界。

四七

刘翥，日本人，其《寒山读书图》云:“绝境读仙书，寒云山几叠。跫然若有人，归鹿踏秋叶。”风致绝佳，不逊王摩诘、韦苏州。此诗雅、静、清，涵泳久之，可以治俗、躁、浊之病。

四八

陶渊明诗平淡自然而又韵味隽永，人诗合一。陶渊明的诗，周作人的散文，汪曾祺的小说，三者是一条路子。

四九

清代李兆洛《菩萨蛮》五首，模仿温庭筠之香艳绮丽，可混入《花间集》。张德瀛《词征》卷六评其词云："如承恩虢国，淡扫蛾眉。"然气味太旧，生机全无。

五〇

清代董士锡《菩萨蛮·湖上送别》："西风日日吹空树，一林霜叶浑无主。山色接湖光，离情自此长。 离情随绿草，绿遍江南道。他日望君来，相思又绿苔。"上阕言"西风""霜叶"，锁定深秋时节。下阕复言"离情随绿草，绿遍江南道"，化用李煜词"离恨却如春草，更行更远还生"，究竟不妥，不得以杜牧诗"秋尽江南草未凋"为借口也。

五一

清代史半楼有《浮槎山馆诗集》，其诗善于描写。《松云歌》有云："一松出云云驰逐，一松入云云争触。"松本不动，以云写之，化静为动，写活了松、云。《期了硕律师不至》诗云："门巷真罗雀，何人见往还。篱根依白水，苔色映青山。睡起春猫懒，归来雨燕闲。远公昨有约，唤仆候花关。""苔色"殊小，且不透明，如何“映青山”呢？因有白水。白水中有近处苔色的倒影，也有远处青山的倒影，倒影交叠，故云“苔色映青山”。

五二

郭沫若说陶渊明、王维的诗是“有深度的透明，其感触如玉”。但陶渊明与王维的区别在哪里呢？可以说陶诗是未经雕琢的玉，浑朴；王诗是雕琢后的玉，温润。

五三

晏殊《无题》诗：“油壁香车不再逢，峡云无迹任西东。梨花院落溶溶月，柳絮池塘淡淡风。几日寂寥伤酒后，一番萧索禁烟中。鱼书欲寄何由达？水远山长处处同。”颔联历来为人所赏。宋葛立方说：“此自然有富贵气。”（《韵语阳秋》卷一）清冯班说：“次联自然富贵，妙在无金玉气。腹联清怨，妙在无脂粉气。此艳体中之甲科也。”（《瀛奎律髓汇评》）晏殊长期身居高位，被目为富贵闲人。此诗颔联自然高妙，论者每每因诗及人，其实与富贵无甚干涉。

五四

欧阳修《江行赠雁》：“云间征雁水间栖，矰缴方多羽翼微。岁晚江湖同是客，莫辞伴我更南飞。”诗作于 1036 年秋，欧阳修被贬前往夷陵的江行途中。人在孤寂的时候，容易同物亲近；诗人隐然以雁自比，更见惺惺相惜之情。

五五

苏舜钦诗多奇思妙想，超拔有力。如："锵然纸上动，读毕恐飞去。"（《答梅圣俞见赠》）"锱铢较利害，便有太行隔。"（《过濠梁别王原叔》）"举杯欲向口，荆棘生咽喉。"（《哭师鲁》）

五六

王安石《泊船瓜洲》："京口瓜洲一水间，钟山只隔数重山。春风又绿江南岸，明月何时照我还。"有注家云，第三句"将其对变法前景的满腔喜悦和希望表达得十分传神"。按：顺此思路，第四句当是功成身退。变法尚未实行，岂有此意？诗意不过感叹光阴的流逝和思乡（钟山为王安石第二故乡）之情，岂有他哉？

五七

"梅残数点雪，麦涨一川云"（《题齐安壁》），是以我观物；"眠分黄犊草，坐占白鸥沙"（《题舫子》），是物我平等；"水阅公三世，云浮我一身"（《送邓监簿南归》），是以物观我。王荆公笔下物我关系变化如此。

五八

"道他滴沥浑无赖，不到侯门舞袖边"（《秋雨叹十解》），杨万里诗句。"风雪过门无入处，却投穷巷觅袁安"（《雪中苦寒戏嘲二绝》），范成大诗句。写雨雪欺人，范诗更有味。

五九

朱熹《鹅湖寺和陆子寿》："德义风流夙所钦，别离三载更关心。偶扶藜杖出寒谷，又枉篮舆度远岑。旧学商量加邃密，新知培养转深沉。却愁说到无言处，不信人间有古今。"人多赏其颈联，余独爱其尾联。

六〇

杜甫《绝句》："迟日江山丽，春风花草香。泥融飞燕子，沙暖睡鸳鸯。"《鹤林玉露》评曰："上二句，见两间莫非生意；下二句，见万物莫不适性。"点评精当，从此悟入，真是写春天的第一等好诗，看似毫不经意，却也真力弥满。此是绝句，对起对结而一气流转，无局促之感。新诗中写春天的，我推林庚的《春野》为第一，诗云："春天的蓝水奔流下山/河的两岸生出了青草/再没有人记起也没有人知道/冬天的风那里去了//仿佛傍午的一点钟声/柔和得像三月的风/随着无名的蝴蝶/飞入春日的田野"，生机勃勃。

六一

杜甫的律诗从立意构思到谋篇布局，从遣词造句到格律推敲都达到出神入化的境地，是真所谓笔补造化天无功也。

六二

杨万里诗层次多，一折再折，如《宿灵鹫禅寺》二首其二：

“初疑夜雨忽朝晴，乃是山泉终夜鸣。流到前溪无半语，在山做得许多声。”第一句由雨到晴中含转折。第二句“山泉”是对第一句“夜雨”的否定，亦含转折。第三句“无半语”又构成对“终夜鸣”的转折，结句“许多声”再折回去。左抽右旋，头头是道。

六三

诗贵委婉含蓄。如清刘献廷《题闺秀雪仪画嫦娥便面》：“素笺折叠涂云母，黛笔清新画月娥。莫道绣奁无粉本，朝朝镜里看双螺。”不直接说闺秀美如嫦娥，而说她画嫦娥有粉本，这粉本就是镜子里闺秀自己的影像，婉曲有味。

六四

清潘高《秦淮晓渡》：“潮长波平岸，乌啼月满街。一声孤棹响，残梦落清淮。”饶有神韵，大类中晚唐诗风。

六五

袁枚《良乡雾》：“不雨征鞍湿，方知雾里行。晓花难辨色，溪水但闻声。对面人千里，终朝天五更。前程原似梦，何必太分明。”前三联体物细，善烘托，是诗家必备本领。尾联可见诗之中有人，诗之外有事。写景咏物如此乃佳。

六六

清道光年间姜长卿作《崇川竹枝词一百首》，其中有一首云：

“红到山茶雪里明，白雪泉水碧澄清。此中着个南庐墓，觉得青山更有情。”虽写到墓，不使人畏怯，反觉有情有味，诗人眼光与俗人不同如此，诗之功用如此！

六七

宋之绳《梅花》：“一年蜡屐几回看，待到花开惜到残。漠漠冻云连远近，荒荒野月照清寒。于人疏落如无意，写尔高空正自难。记得遥山旧茅屋，破扉朽几一枝安。”无一笔正面描写，全从侧面托出，然的是梅花，高妙如此。沈归愚云：“通体空写，为极熟题开一生面。”

六八

张中行用“不求甚解”法解说李商隐《锦瑟》诗：“‘锦瑟无端五十弦，一弦一柱思华年’，一晃年已半百，回首当年，一言难尽。‘庄生晓梦迷蝴蝶，望帝春心托杜鹃’，曾经有梦想，曾经害相思。‘沧海月明珠有泪，蓝田日暖玉生烟’，可是梦想和思情都破灭，所得只是眼泪和迷惘。‘此情可待成追忆，只是当时已惘然’，现在回想，旧情难忘，只是一切都如隔世了。”（《诗词读写丛话·前言》）解说甚妙。

六九

苏雪林说：“徐志摩是新诗的奠基石，他在新诗界像后主在词界一样占着重要的地位。”（《徐志摩的诗》）按：缪钺先生认为温庭筠“有奠定词体之功”（《曹植与五言诗》）。据此，苏雪林话中的“后主”换成“温庭筠”才比较恰当。

七〇

聂绀弩、熊鉴是当代杂文诗派的代表，被称为“北聂南熊”。诗歌内容方面二人都有怨刺，风格方面差别很大。聂诗是旁敲侧击，皮里阳秋；熊诗是金刚怒目，剑拔弩张；聂诗是诙谐幽默，苦中作乐；熊诗是快言快语，不避锋芒；聂诗是奇思妙想而又迂回曲折，熊诗是高屋建瓴而又洞若观火。熊诗易学，聂诗难到，二者各有千秋。

七一

李锐著有《龙胆紫集》，其诗好发议论，类似顺口溜，用他自己的话说是：“我的诗缺乏诗味，只有政治味。”但他敢于说真话，时有精警之论，这又是一般“老干体”诗人望尘莫及的。如：“喜看新竹枝枝秀，厌听官腔句句空。”“应借覆车追往事，仍须放胆写文章。”“曾抒壮志好多省，总扭秧歌老大难。”

七二

周弃子《赠渔叔即题其花延年室试卷》三首其二云：“观堂作词话，境界重不隔。海藏答樊山，自悔辟清切。近时号作者，下笔成灭裂。缘情多附会，写景常泛设。呻吟本无病，寻撦到琐屑。自欺以欺人，伎俩一何拙。我观渔叔作，庶几寡此失。相题极矜慎，命意甚精刻。甘苦宜自知，不用费言说。我诗岂云好，困学确有得。平生成惕轩，一笑真莫逆。”诗中所讥“近时号作者”的创作情况，在当今我国诗词界也广泛存在。

七三

南宋释道川有诗云：“远观山有色，近听水无声。春去花犹在，人来鸟不惊。头头皆显露，物物体元平。如何言不会，只为太分明。”前半体物甚佳，得物之趣；后半议论堕入理障。

七四

缪钺“触眼峰峦乱稠叠，回头脉络尽分明”（《夜读》），可与刘禹锡“芳林新叶催陈叶，流水前波让后波”及陆游“山重水复疑无路，柳暗花明又一村”相媲美。

七五

韦庄《浣溪沙》：“惆怅梦余山月斜，孤灯照壁背红纱，小楼高阁谢娘家。　暗想玉容何所似，一枝春雪冻梅花，满身香雾簇朝霞。”“一枝春雪冻梅花”，写美人极佳，可与白居易“梨花一枝春带雨”并美。

七六

“燥裂秋风，润含春雨。”（林散之《题画》）诗书画中有此境，呈自然趣味，于人身却不适。此所谓距离产生美感。

后　记

诗话多为片断性文字的汇集，凡与诗有关的内容都可以写入诗话，属于随笔、杂感性质，写作方便。一则诗话常常点到即止，让人有所得，有所思，有所悟，便有其价值。又，诗话多是短平快的文字，阅读方便，可以从任何地方开始，也可以在任何地方结束。此所以历代诗话浩如烟海，深受作者、读者喜爱之故。

本人长期从事诗词创作、教学、编辑与研究，在微信群中或私下里，喜与诗友谈诗，探讨交流，获益良多。本人又有写诗词日记的习惯，一些感受和思考都及时记录下来，整理这些日记便是《纵横诗话》的主要来源。其中部分文字已在《中华诗词》等杂志和微信公众号发表，颇受读者欢迎，这也激发了我在诗话写作方面的兴趣。

本书所涉内容广泛，古人与今人，他人与自己，中国与外国，旧体诗与新诗等等，可谓古今中外，无以名之，故曰“纵横”。归纳、梳理为七大版块，即理论与本事、诗体与诗律、语言与修辞、写作与推敲、继承与创新、诗人与诗选、鉴赏与批评，围绕诗词鉴赏和诗词写作两个方面，突出诗词的创新意识。每一则诗话都有一个小主题，或录诗坛故实，或记一得之见，或做源流考证，或做鉴赏分析，大抵三言两语，行文力求雅洁。茶余饭后，或可作谈资，读者如能有所得，是我最大的安慰。

本人论诗首重生机，认为好诗应该生机勃勃，有思想，见个性，自出机杼，不人云亦云。其次论情韵，耐读耐品，有回味之处。再次，求自然，情感自然，诗句自然，深入浅出，如行云流水。种种想法散见于诗话之中，个人的偏好，不当的议论，一定不少。错谬之处，恳请读者批评指正。

本书为了阐释诗学理论、弘扬诗词文化，引用或收录了他人诗词作品若干，在此谨致谢意。其中，部分作者本人未能及时取得联系，实属遗憾。希望有关作者见到本书后，与本人联系。

感谢安徽师范大学中国诗学研究中心主任胡传志教授的厚爱，将本书纳入中国诗学研究中心资助项目。感谢所有关心本书出版的老师和朋友们，是你们的鼓励才促成本书的完稿。

张应中